Karl Valentin
Hoffentlich wird es nicht so schlimm,
wie es schon ist

Karl Valentin (1882–1948)

Karl Valentin

Hoffentlich wird es nicht so schlimm, wie es schon ist

Texte – Sprüche – Stücke

Herausgegeben von Josef K. Pöllath

marixverlag

Inhalt

»Wo alle dasselbe denken, wird nicht viel gedacht«

Auf der Suche nach dem tieferen Sinn

»Hoffentlich wird es nicht so schlimm, wie es schon ist«

Briefe, Katastrophen, Merkwürdigkeiten

»Es ist schon alles gesagt, nur noch nicht von allen«

Eine etwas andere Sicht der Wirklichkeit

»Wer am Ende ist, kann von vorne anfangen,
denn das Ende ist der Anfang von der anderen Seite.«

Karl Valentin

Komiker, Schrägdenker, Schauspieler und Philosoph

Vorwort

Karl Valentin war ein begnadeter bayerischer (Sprach-)Künstler, der häufig auf eine Stufe mit Charlie Chaplin, Buster Keaton, Luis Buñuel und Samuel Beckett gestellt wird. In seine Vorstellungen kamen Intellektuelle wie Bertolt Brecht, Thomas Mann oder Kurt Tucholsky. Tucholsky bezeichnete ihn als Linksdenker, der Theaterkritiker und Journalist Alfred Kerr als »bayerischen Nestroy«. Brechts frühe Jahre waren sehr stark von Karl Valentin beeinflusst. Brechts sogenannter Verfremdungseffekt ist zum Beispiel eine konsequente Weiterentwicklung valentinesken Denkens. Lion Feuchtwanger hat von ihm in seinem Roman *Erfolg* mit der Figur des Balthasar Hierl ein wunderbares Porträt gezeichnet. Der vor allem kurz nach dem Zweiten Weltkrieg oft missverstandene schräge Komiker ist immer noch aktuell, wie viele Publikationen und wissenschaftliche Arbeiten über ihn zeigen. Das belegen aber auch die beiden Preise, die nach ihm benannt sind: Da ist einmal der »Karl-Valentin-Orden«, eine Auszeichnung, die seit 1973 immer im Januar für humorvolle bzw. hintergründige Bemerkungen im Sinne Karl Valentins von der Münchner Faschingsgesellschaft *Narhalla* verliehen wird. Preisträger des Jahres 2018 ist zum

Beispiel der Weltmeister und Ehrenspielführer der deutschen Fußball-Nationalmannschaft Philipp Lahm für seinen Kommentar nach einem Länderspiel gegen die Vereinigten Arabischen Emirate: »Die meiste Luft hatte der Ball.« Frühere Preisträger waren Loriot, Joseph Ratzinger, Edmund Stoiber, Christian Ude, Sir Peter Jonas, Roman Herzog und Hape Kerkeling, um nur einige zu nennen.

Darüber hinaus wird seit 2007 in unregelmäßigen Abständen auf Initiative von Alfons Schweiggert der »Große Karl-Valentin-Preis« für herausragende künstlerische Leistungen an Menschen verliehen, die sich um die geniale Persönlichkeit Karl Valentins und dessen Werk in besonderer Weise verdient gemacht haben oder die in der Tradition Karl Valentins herausragende künstlerische Leistungen vorweisen können. Die bisherigen Preisträger sind Gerhard Polt und die Biermösl Blosn, der niederbayerische Musiker und Sänger Fredl Fesl, Helge Schneider und der Kabarettist Siegi Zimmerschied. Wer aber war Karl Valentin?

Biografie

Karl Valentin wird am 4. Juni 1882 als Valentin Ludwig Fey in München, im Stadtteil Au (damals Vorstadt genannt) geboren. Er macht nach der Schulzeit eine dreijährige Schreinerlehre und nimmt Zitherunterricht bei Ignaz Heppner.

Als er 1896 im Varieté Colosseum den Komiker Karl Maxstadt sieht, beschließt er, Komiker zu werden und besucht eine Varietéschule. Bereits 1898 verfasst er erste Couplets* und tritt 1899 erstmalig als Vereinshumorist auf. Seinen Lebensunterhalt verdient er bis 1902 bei verschiedenen Schreinereien als Schreinergeselle.

Am 7. Oktober 1902 stirbt der Vater, und Karl Valentin muss mit seiner Mutter die väterliche Speditionsfirma »Falk und Fey« übernehmen, was jedoch ganz und gar nicht in seine Lebensplanung passt. Im selben Jahr hat er bereits ein Engagement in Nürnberg.

In dieser Zeit entwickelt und baut er einen Musikapparat, ein sogenanntes Orchestrion, den er 1906 fertigstellt.

Im selben Jahr geht die väterliche Speditionsfirma in Konkurs und muss verkauft werden. Damit ist er frei für seinen künstlerischen Weg, den er schon seit Langem verfolgt.

1907 geht Karl Valentin unter dem Pseudonym Charles Fey mit seinem etwa 3000 Kilogramm schweren Musikapparat auf Tournee. Sie wird ein finanzielles Desaster und zwingt ihn, schon nach wenigen Monaten wieder nach München zurückzukehren. Am schlimmsten ist für ihn, diesen Misserfolg der Mutter einzugestehen, die ihn mit der Hälfte des Erlöses aus dem Verkauf der Spedition unterstützt hatte.

In München spielt er nun jeden Abend in einer Gastwirtschaft Zither, wofür er ein Essen und 50 Pfennig Gage erhält. Schließlich lässt ihn der Gastwirt Ludwig Greiner bei sich wohnen. Er ermuntert ihn auch, selbstverfasste Couplets vorzutragen.

Unter seinem neuen Künstlernamen Skelettgigerl gelingt ihm schließlich mit dem Vortrag *Das Aquarium* der Durchbruch. Damit hatte er die künstlerische Richtung und seine wahre Begabung entdeckt. Schon bald ist er Tagesgespräch in München und wird an den Frankfurter Hof, das damals wichtigste Kabarett-Theater, engagiert. Daneben tritt Karl Valentin im Serenissimus und im Simplizissimus auf. Er hat kurze Gastspiele in Landshut, Ingolstadt, Landsberg und Deggendorf, später tritt er mehrmals in Berlin auf, auch in Wien und in Zürich.

Bereits 1905 kommt Tochter Gisela zur Welt und 1910 schließlich Tochter Berta, beide unehelich, da sich Karl Valentin offenbar noch nicht entschließen konnte zu heiraten. Seine private, familiäre Situation spitzt sich zu, als er 1911 Elisabeth Wellano kennenlernt. Er überredet sie dazu, sich einen Künstlernamen zuzulegen und mit ihm zusammenzuarbeiten. Anfänglich ist Elisabeth Wellano noch skeptisch, doch Valentin gewinnt sie mit einem Couplet, das er nur für sie schreibt und mit dem sie keinen geringen Erfolg hat. Noch im selben Jahr heiratet Karl Valentin schließlich seine Lebensgefährtin Gisela Royes, die Mutter seiner beiden Töchter und ehemalige Angestellte im elterlichen Haushalt, über die er bereits als Sechzehnjähriger zu seiner Mutter gesagt haben soll: »Die gebn mia nimmer her«.

Schon 1912 dreht Karl Valentin seine ersten Filme, und ab 1913 tritt er gemeinsam mit Elisabeth Wellano auf, die sich den Künstlernamen Liesl Karlstadt zulegt. Vielfach wurde darüber spekuliert, wie es wohl zu diesem Namen gekommen sein mag: Zum einen lehnt sich der Name an den von Valentin sehr geschätzten und verehrten Volkssänger Karl Maxstadt an, zum anderen ist in ihm der Name seines verstorbenen Bruders Karl enthalten. Mit Elisabeth Wellano beginnt eine Jahrzehnte währende, höchst erfolgreiche Zusammenarbeit. Die kongeniale Künstlerin, die wie keine andere auf seine oft spontan veränderten und manchmal improvisierten Dialogszenen eingehen kann, ist nicht nur auf der Bühne seine Partnerin.

In den Jahren finden Gastspielreisen nach Wien, Zürich, Stuttgart und Berlin statt. In Berlin tritt er unter anderem im Theater am Schiffbauerdamm auf.

Im selben Jahr stirbt die Mutter, 78-jährig, zu der er eine sehr innige Beziehung hatte. Die Liebe der Mutter für ihren einzigen Sohn entsprang offenbar der Angst, sie könnte auch ihn verlieren wie schon seine drei älteren Geschwister, die im Kindesalter verstorben waren.

1931 eröffnet Karl Valentin ein eigenes Theater im Goethesaal in München. 1934 hebt er sein Kuriositätenkabinett, das Panoptikum, aus der Taufe, in das er sein gesamtes Vermögen steckt und das finanziell nicht nur für ihn zu einem Desaster wird, da auch Liesl Karlstadt auf sein Drängen hin in das Projekt erheblich investiert hatte. Ob dieser schwere Verlust oder Valentins Interesse für Anne-Marie Fischer Liesl Karlstadts Schwermut intensivierten, darüber kann man nur Vermutungen anstellen. Gesichert ist lediglich, dass sie sich in ärztliche Behandlung begeben musste.

Diese Entwicklung ging jedenfalls an Valentin nicht spurlos vorbei, und zu allem Überfluss wurde auch noch sein Film *Die Erbschaft* wegen Elendstendenzen von der Zensur verboten. Im April 1935 erleidet Liesl Karlstadt einen schweren Nervenzusammenbruch. Bei ihrem Suizidversuch springt sie in die Isar, kann aber gerettet werden und wird in die psychiatrische Klinik eingeliefert. Dennoch kommt es 1937 noch zu gemeinsamen Auftritten. Vorerst endgültig allerdings trennt sich Liesl Karlstadt 1939 nach 26 Jahren gemeinsamer Arbeit von Karl Valentin.

Wenngleich diese Entwicklung Karl Valentin ziemlich stark mitnimmt, zieht er sich nicht aus der Öffentlichkeit zurück. Ganz im Gegenteil: 1939 eröffnet er im Färbergraben in München seine »Ritterspelunke«, die Panoptikum, Kabarett und Kneipe zugleich ist.

Und im selben Jahr noch tritt er mit seiner 35 Jahre jüngeren Geliebten Anne-Marie Fischer auf. Erstaunlicherweise kommt es sogar 1940 doch noch einmal zu zwei gemeinsamen Auftritten von Karl Valentin und Liesl Karlstadt im Deutschen Theater.

Allerdings soll dies bis 1947 die letzte Zusammenarbeit der beiden sein. In dieser Zeit verfasst Karl Valentin zahlreiche

Szenen und Couplets, die jedoch nicht gespielt werden. Um ihn ist es vor allem kurz nach dem Krieg sehr still geworden. Er stellt hölzerne Küchengeräte her, die er gegen Lebensmittel eintauscht. Erst 1947 kommt es wieder zu Auftritten mit Liesl Karlstadt. Im Auftrag der Sparkasse drehen die beiden Werbefilme. Es ist gleichzeitig Karl Valentins letzter öffentlicher Auftritt.

Anfang Februar 1948 zieht er sich eine Erkältung zu, an der er am 9. Februar 1948, einem Rosenmontag, völlig verarmt und nahezu vergessen, stirbt. Zu seiner Beerdigung erscheinen weder offizielle Vertreter der Stadt München noch Repräsentanten der Münchner Theater. Sein geistig-literarisches Erbe nimmt in den Jahren darauf noch einmal richtig Fahrt auf und bleibt bis heute aktuell. Nicht wenige Künstler werden in ihrer Rezeption als seine Nachfolger gesehen, was eine ehrenvolle Bezeichnung ist.

** Couplet, von lat. Copula: Verbindung zweier paralleler, rhythmischer Sätze zu einer Strophe. Meist scherzhaft-satirisch, oft mit zweideutig-witzigem, auch aktuellem Inhalt. Die gleichgebauten Strophen enden immer mit dem gleichen Kehrreim (Refrain).*

Valentins Gestalt

Valentins äußeres Erscheinungsbild ist wesentlicher Teil seiner Bühnenkunst. Er übertreibt seine Körperform und Haltung, betont seine spindeldürre Gestalt durch eng anliegende, viel zu kurze Hosen, sodass die Beine noch dünner und länger wirken als sie ohnedies schon sind. Er verlängert seine Nase, macht sie spitzer, und nimmt eine leicht gebückte Haltung wie der Ritter von der traurigen Gestalt ein.

Valentins Sprache

Valentins Sprache ist das Münchnerische der Vorstadt Au, wenngleich er abstammungsmäßig kein »typischer Münchner« war; stammte doch seine Mutter aus Zittau in Sachsen und der Vater aus Darmstadt. Valentin spielt ganz bewusst mit der Mundart, überbetont sie manchmal, sodass ein Nichtbayer nur sehr schwer verstehen kann, was gemeint ist. Dann wiederum kippt plötzlich das Ganze um in eine Art hochdeutschen Bildungsjargon. Diese sprachlichen Wechsel sind gezielt und gewollt. Mit dem starken Münchner Dialekt schafft er eine kleinbürgerliche, der unteren Bildungsschicht angehörige Figur, die keinerlei Interesse daran hat, von anderen Menschen, die nicht demselben sozialen Milieu angehören, verstanden zu werden. Nach heutigem Verständnis ist dies eine den Fremden abwehrende Methode. Damit demonstriert der jeweilige Sprecher, dass das Gegenüber nicht dazugehört, solange er nicht versteht, was gesprochen wird. Valentin geht es jedoch nicht um Aus- und Abgrenzung. Vielmehr wird mit einer überstarken Betonung des Bairischen deutlich, wie kompliziert Kommunikation ist und dass sie sogar in alltäglichen Situationen an ihre Grenzen kommt. In einigen Szenen hat die Verwendung einer besonders »gscherten« (*geschert: ungebildet, ungehobelt, unfein, ordinär, derb, unverschämt*) Sprache die Funktion, das jeweilige Thema auf derart drastische Weise abzuhandeln, dass der Zuhörer oder Leser verständnislos, ja staunend gegenübersteht.

Dialekt funktioniert wie jede andere Sprache auch. Wer die »fremde« Sprache nicht spricht und sie nicht versteht, ist auf eine Übersetzung angewiesen. Die Verwendung des Bairischen ist für seinen Sprecher nichts Ungewöhnliches, sondern so normal wie die Verwendung des Deutschen, Englischen oder Französischen. Kommen in einem Dialog ein Sprecher des Deutschen und ein Sprecher des Bairischen zusammen, ist in der Regel der Sprecher des Hochdeutschen ausgegrenzt, da der Sprecher des Bairischen im Normalfall sowohl Bairisch als auch Hochdeutsch versteht. So gesehen ist also die Verwendung des Dialekts ein bewusst eingesetztes, wichtiges Stilmittel.

Intentionen

In Valentins Dialogen und Szenen geht es vor allem um die Unzulänglichkeit der Sprache und die daraus entstehenden Grenzen der Kommunikation. Die zentrale Frage in seinem Œuvre lautet: Welche Bedeutung haben eigentlich die Wörter? Zur Verdeutlichung bedient er sich aller möglichen und unmöglichen Formen der Kommunikation, führt sprachliche Mittel ad absurdum und erzielt damit beim Zuhörer neue und verblüffende Einsichten und Erkenntnisse. Die Handlung ist dabei völlig unerheblich, auch haben die Stücke in der Regel kein Happy End. Am ehesten kommt in Valentins Texten noch ein gewisses gestörtes Verhältnis zu den Mitmenschen und zur Gesellschaft insgesamt zum Ausdruck, was vielleicht auch mit seiner extrem ausgebildeten Hypochondrie zusammenhängen mag. Er beherrscht die Logik des Widerspruchs wie kaum ein anderer. Karl Valentin war auch ein höchst produktiver Filmschaffender. Insgesamt produzierte er circa 55 Filme. Seine internationale Bedeutung als Filmschaffender gibt folgende autobiografische Notiz am besten wieder: »1926 bot mir Mister Goodman von New York auf ein 2jähriges Gastspiel in den vereinigten Staaten für die Woche 5000 Dollar. Das hätte eine Gehaltssumme von rund 2 Millionen Reichsmark ergeben (Dollar 1926 = RM 4,20). In meiner deutschen Heimat verdiene ich die letzten drei Jahre im dritten Reich pro Monat 75,-- RM. – Ein Straßenkehrer verdient monatlich 150,-- Mk.« {8/413}

Dass Valentin das Angebot ausgeschlagen hat, lag nicht zuletzt einmal mehr an seiner Hypochondrie, die längere Reisen, zumal mit Schiff oder Flugzeug, unmöglich machte.

Alles in allem aber war Karl Valentin zwar ein einfacher Mann, jedoch ein großer Künstler, dessen Werk uns bis heute erheitert und zum Nachdenken bringt, auf eine Weise vielleicht, wie es Kurt Tucholsky einst treffend schilderte: »Ich kam zu spät ins Theater, der Saal war bereits warm und voller Lachen. Es mochte grade begonnen haben, aber die Leute waren animiert und vergnügt wie sonst erst nach einem guten zweiten Akt. Am Podium auf der Bühne, mitten in der Vorstadtkapelle, saß ein Mann mit einer aufgeklebten Perücke, er sah aus, wie man sich sonst wohl einen Provinzkomiker vorstellt: ich blickte angestrengt auf die Szene und wusste beim besten Willen nicht, was es da wohl zu lachen gäbe … Aber die Leute lachten wieder, und der Mann hatte doch gar nichts gesagt … Und plötzlich schweifte mein Auge ab, vorn in der ersten Reihe saß noch einer, den hatte ich bisher nicht bemerkt, und das war: Er.

Ein zaundürrer, langer Geselle, mit staksigen, spitzen Don-Quichotte-Beinen, mit winkligen, spitzigen Knien, einem Löchlein in der Hose, mit blankem, abgeschabtem Anzug. Sein Löchlein in der Hose – er reibt eifrig daran herum. ›Das wird Ihnen nichts nützen!‹, sagt der gestrenge Orchesterchef. Er, leis vor sich hin: ›Mit Benzin wär's scho fort!‹ Leise sagt er das, leise, wie es seine schauspielerischen Mittel sind. Er ist sanft und zerbrechlich, schillert in allen Farben wie eine Seifenblase; wenn er plötzlich zerplatzte, hätte sich niemand zu wundern.«[1]

Das Buch versammelt die besten Monologe, Dialoge, Stücke, Szenen, Notizen, Pressemitteilungen und Anzeigen Karl Valentins.

Josef K. Pöllath

Anmerkungen

1 *Tucholsky, Kurt*, zitiert nach: Das große Karl-Valentin-Buch. Herausgegeben von Michael Schulte. Piper Verlag, München 1973, S. 53

2 Alle Originaltexte von Karl Valentin, aus: *Bachmaier, Helmut/ Faust, Manfred:* Karl Valentin. Sämtliche Werke in acht Bänden und einem Ergänzungsband. Piper Verlag, München 1997

Die Quellenangabe bezieht sich dabei auf den jeweiligen Band und die Seitenangabe, auf der der jeweilige Text beginnt. {1/XX}

Editorische Notiz

Die Schreibweise der Texte wurde auf dem Hintergrund der über vierzigjährigen Schaffensperiode Karl Valentins vorsichtig vereinheitlicht und der heutigen Rechtschreibung weitgehend angepasst, um damit die Lesbarkeit zu erleichtern.

Bei den mit * versehenen Überschriften handelt es sich nicht um Originalüberschriften; sie wurden zur Leseerleichterung vom Herausgeber hinzugefügt.

Bei den Texten *Brillantfeuerwerk, Raubritter vor München, Semmelknödel, Der Bittsteller* und *Vergesslich* ist Liesl Karlstadt Mitverfasserin.

Quellenvermerk:

Karl Valentin: Sämtliche Werke, Band 4. Dialoge

Karl Valentin: Sämtliche Werke. Band 5: Stücke

Literatur

Bachmaier, Helmut/Faust, Manfred: Karl Valentin. Sämtliche Werke in acht Bänden und einem Ergänzungsband. Piper Verlag. München 1997

Dimpfl, Monika: Immer veränderlich. Liesl Karlstadt (1892 bis 1960). A1 Verlag, monAkzente. München 1996

Fischer-Grubinger, Anne-Marie: Mein Leben mit Karl Valentin. Moewig Verlag. Rastatt 1982

Hausenstein, Wilhelm: Die Masken des Komikers Karl Valentin. München 1948/Freiburg 1958

Kerr, Alfred: Die Welt im Drama. Kiepenheuer und Witsch Verlag. Köln 1964

Pemsel, Klaus: Karl Valentin im Umfeld der Münchner Volkssängerbühnen und Varietés. Verlag Wilhelm Unverhau. München 1981

Schmeller, Johann Andreas: Bayerisches Wörterbuch. Sonderausgabe. Vier Bände. Oldenbourg Verlag. München 1985

Schulte, Michael: Karl Valentin. Rowohlts monographien. Reinbek bei Hamburg 1968

Schulte, Michael: Alles von Karl Valentin. Piper Verlag. München 1978

Schulte, Michael: Das große Karl Valentin Buch. Piper Verlag. München 1973

Schweiggert, Alfons: Karl Valentin und die Frauen. Ehrenwirth Verlag. München 1997

Schwimmer, Helmut: Karl Valentin. Eine Analyse seines Werkes mit einem Curriculum und Modellen für den Deutschunterricht. Oldenbourg Verlag. München 1977

Valentin, Karl: Die Zukunft war früher auch besser. Rosenheimer Verlagshaus. Rosenheim 2016²

Tucholsky, Kurt: Zwischen gestern und morgen. Rowohlt Verlag. Reinbek b. Hamburg. 1960

Weidel, Katharina: Karl Valentin und die Verhandelbarkeit des sprachlichen Ausdrucks. Dissertation. Regensburg 2015

Zehetner, Ludwig: Bairisches Deutsch. Lexikon der deutschen Sprache in Altbayern. Hugendubel. München 1998²

»Ich bin immer gesund, außer ich bin krank«

Über Krankheiten und andere Beschwerden

Beim Arzt

Arzt: Darf ich bitten, der Nächste. (*Tür klappen*)

Patient: Grüß Gott, Herr Arzt.

Arzt: Grüß Gott, Herr Meyer, na wo fehlt's?

Patient: O mei Herr Doktor, mit meinem Magn stimmt's nimmer recht. Jedes Mal wenn ich gessen hab, dann hab ich den Magen so voll.

Arzt: Ja das ist doch keine Krankheit, das ist doch ganz logisch, wenn Sie in den Magen was hineintun, muss er ja voll werden. Wie ist es denn, wenn Sie nichts essen?

Patient: Ganz das Gegenteil, dann fühl ich so eine Leere im Magen.

Arzt: Na sehen Sie, dann ist doch Ihr Magen in Ordnung.

Patient: Ja aber wie kommt denn das dann, dass ich beim Stiegensteigen so schnaufen muss?

Arzt: Ja mein Lieber, da muss a anderer auch schnaufen, aber das hängt doch nicht mit dem Magen zusammen, sondern mit der Lunge.

Patient: Ja auf der Lunge bin ich gsund, da fehlt mir nix, trotzdem ich mir vor zwei Jahren an Fuß brochen hab.

Arzt: So an Fuß ham Sie sich brochen, wie ist denn das passiert?

Patient: Zuviel Alkohol hab ich dawischt.

Arzt: Am Alkohol können Sie sich doch nicht den Fuß brechen.

Patient: Freili, bsuffa war i und da bin i auf einer ausländischen Bananenschale ausgrutscht und hab mir meinen eigenen Fuß brocha.

Arzt: Ja da war aber dann nicht der Alkohol schuld, sondern die Bananenschale.

Patient: Selbstverständlich war die Bananenschale schuld, weil ich die net gsehn hab und drum glaub ich, Herr Doktor, dass mit meinen Augen nimmer ’s richtige is, weil, wenn ich z. B. daheim Zeitung les, dann krieg i so Kreuzweh, dass i ’s lesen aufhören muss.

Arzt: Aber lieber Herr Meyer, schlechte Augen können niemals Kreuzschmerzen erzeugen.

Patient: Dös kann schon sein, aber d’Augen und ’s Kreuz müssen doch eine heimliche Verbindung haben, weil man oft die alten Leut jammern hört, wenn s’ sagen: »Es ist schon ein rechtes Kreuz, wenn man nimmer gut sieht.«

Arzt: Ja Herr Meyer, Sie sollen halt weniger Zeitung lesen, dafür viel Obst essen, denn Obst ist gesund.

Patient: Nicht für jeden Herr Doktor – a Bekannter von mir wäre beinahe an einer Zwetschgen erstickt.

Arzt: Wie alt sind Sie denn schon Herr Meyer?

Patient: Schaun S’ Herr Doktor, ich bin schon bald zehn Jahre älter als meine Frau – ja.

Arzt: So, So – wie alt ist denn Ihre Frau?

Patient: Ja, meine Frau die ist jetzt – das könnt ich Ihnen jetzt gar nicht sagen.

Arzt: Nun ja, ist auch Nebensache – ist der Darm in Ordnung?

Patient: Von der Frau?

Arzt: Nein nein, der Ihrige?

Patient: Aso, der meinige – ja ja – selbstverständlich – im Vertrauen zu Ihnen gesagt. (*Pause von 3 Sekunden*)

Arzt: So so, hahahaha – dann lieber nicht – dann verschreib ich Ihnen statt Rizinusöl lieber Opiumtropfen. Was haben Sie eigentlich für einen Beruf Herr Meyer?

Patient: Ich bin Leiternfabrikant.

Arzt: Ha ha, Sie machen die langen Leitern für die Feuerwehr?

Patient: Na na, ich mach die ganz winzig kleinen für die Laubfrösch.

Arzt: Was Sie nicht sagen, sehr interessant, na ja, Leiter ist Leiter, aber dass wir wieder auf unser Thema zurückkommen Herr Meyer, außer einer kleinen Diarrhöe wüsst ich nicht, was Ihnen fehlt, Sie sind vollständig gesund.

Patient: Was, gsund bin i! Mir wär's ja gnua, für was bin denn i dann bei der Krankenkasse?

Verfasst 1937; {4/29}

Beim Zahnarzt

Zahnarzt: Der Nächste bitte!

Patient: Grüß Gott, Herr Doktor!

Zahnarzt: Nun, was haben Sie für Schmerzen?

Patient: Ja, Zahnschmerzen, Herr Doktor; von vorgestern bis heute hab ich acht Nächte nicht mehr gschlafen vor lauter Zahnweh; ich hab nämlich da hinten einen hohlen Zahn.

Zahnarzt: Aha!

Patient: Und wie einem ein hohler Zahn weh tun kann, das ist mir unbegreiflich; denn wenn etwas hohl ist, dann ist doch nichts mehr drin und wie einem das »Nix« weh tun kann, kann ich mir nicht erklären; da müssten doch so viele Menschen auf der Welt fortwährend Kopfweh haben!

Zahnarzt: Da haben Sie nicht ganz unrecht.

Patient: Mei Mutter hat auch an derselben Stelle an hohlen Zahn ghabt; meinen Sie, Herr Doktor, dass ich vielleicht den hohlen Zahn von meiner Mutter geerbt hab?

Zahnarzt: Das weiß ich nicht, denn ich habe Ihre Mutter nicht gekannt. – So, nehmen Sie bitte in diesem Sessel hier Platz!

Patient (*mit zitternder Stimme*): Ich bin so frei!

Zahnarzt: No – no – no – keine Angst. Sie zittern ja wie ein Zitherspieler! So, nun machen Sie mal den Mund recht schön auf! Und lassen Sie mir einmal den hohlen Zahn sehen!

Patient: Ja Herr Doktor, san Sie neugierig; als Zahndoktor werdn Sie doch schon einmal an hohlen Zahn gsehn habn!

Zahnarzt: Ja, mein Lieber, ich muss doch den Zahn zuerst sehen, sonst kann ich doch denselben nicht ziehen.

Patient: Ja, das Reißen is halt so a furchtbarer Schmerz, dös kann ma ja kaum aushalten, wissen S' Herr Doktor, wenn i mir a verrenkts Knie wieder einrenken lass, dös is a ein furchtbarer Schmerz, aber da kann ich vor Schmerz die Zähn zambeißen, und des kann i beim Zähnreißen net machen, weil Sie sonst mit der Zange net neikommen.

Zahnarzt: Also, jetzt machen Sie keine Geschichten und machen Sie den Mund auf. Sie werden gar nichts spüren – ich zieh Ihnen den Zahn mit Lachgas.

Patient: Um Gottes Willen, das geht bei mir noch nicht; ich darf noch nicht lachen; mir ist vor vier Wochen mei Tante gstorbn, ich hab noch Trauer.

Zahnarzt: Ich sehe eben, den Zahn braucht man überhaupt noch gar nicht ziehen, den kann ich Ihnen noch plombieren. Ich bohr Ihnen den Zahn jetzt aus (*Bohrgeräusche*).

Patient: Halt, halt!!! Was brauchen S' denn da noch ausbohren, der is ja so schon hohl.

Zahnarzt: Nein, nein, ich muss ihn ganz hohl machen und dann muss ich Ihnen den Nerv töten!

Patient: Herr Doktor! Denken Sie an das fünfte Gebot: Du sollst nicht töten!

Zahnarzt: Ich muss den Nerv töten – und dann mache ich Ihnen eine Zementplombe hinein.

Patient: Eine Zementplombe? Ist die teuer?

Zahnarzt: Eine Zementplombe kostet sieben Mark.

Patient: Sieben Mark? Das ist mir zu teuer! Ja, wieviel Zement brauchen Sie denn dazu?

Zahnarzt: Ach, ganz wenig, vielleicht eine kleine Messerspitze voll.

Patient: A Messerspitz voll Zement – und des kost sieben Mark! Dös macht mir mein Hausmaurer dahoam um a Mass Bier!

Zahnarzt: Ja, mein lieber Mann, Sie sind ein schwieriger Patient! Ziehen soll ich Ihnen den Zahn nicht, plombieren soll ich nicht, dann setz ich Ihnen halt eine Goldkrone auf.

Patient: Ah!!! – Sie sind gwiss a ehemaliger Hoflieferant!

Verfasst 1940; {4/61}

Die Brennnessel

Wenn man dieses Wort liest, denkt man sofort an eine Brennnessel. Die Brennnessel gehört nicht zu den Säugetieren, sondern zu den Pflanzen. Ein uralter Brauch ist, aus Brennnesseln Tee zu bereiten, den sogenannten Brennnesseltee, welcher auch zum Trinken verwendet wird. Heute verwendet man die Brennnessel zum Lesen. Früher wuchs die Brennnessel, heute erscheint sie (im Verlag Eher, München – Berlin). Die Heilwirkung des Brennnesseltees ist natürlich nur vom Kochen der Pflanze Brennnessel zu erwarten, nicht von der Zeitung Brennnessel. Nicht die Damen, sondern richtige Gänse essen die Brennnessel sehr gern und erblicken in dieser einen Leckerbissen. Ob sich die Gänse beim Fressen von Brennnesseln Zunge, Schlund, Magen, Gedärme und Gansloch verbrennen, ist noch nicht erwiesen. Die Rose hat Dornen und sticht, die Brennnessel dagegen brennt auch trotzdem: Hätte die Rose keine Dornen, könnte sie nicht stechen; was sind das für botanische Widersprüche! Aus Brennesselfasern hat man schon Stoffe erzeugt und Damenreizwäsche für die Damenwelt fabriziert. Symbolisch wirkt die Brennnessel – wenn man schon einen Künstler mit Lorbeerkränzen ehrt, müsste man eigentlich einen Feuerwehrmann bei seinem Feuerwehrjubiläum mit einem Kranz aus Brennnesseln ehren. Ich selbst habe die Brennnessel als Mittel gegen Diebstahl angewendet. Folgendes gebe ich kund: Ich habe in der Nähe der Stadt ein kleines Landhaus, drumrum einen großen Riesenblumengarten mit allen erdenklichen, wunderbaren Blumen, welche nicht künstlich, sondern wirklich sind. Mein Garten steht in farbiger Pracht. Aber weil die Blumen so schön waren, haben mir die Menschen immer wieder Blumen abgerissen. Nun kam mir die glückliche Idee: Ich pflanzte keine Blumen mehr, sondern nur mehr Brennnesseln. Die Pracht ist zwar verschwunden, aber die Stehlerei hat ein Ende genommen. Dass ich mir durch diese Erwägung die Missgunst sämtlicher Blumengärtner zugezogen habe, weiß ich; aber ich habe die Polizei (Abteilung Blumendiebstähle) entlastet. Und das ist eine gute Tat. Sollte ich des Anblicks der Brennnesseln überdrüssig werden, pflanze ich Disteln, und an Stelle meiner wachsamen Hunde kommen Igel in meinen Garten, dazu noch Stachelbeersträucher, und statt der Legbüchsen lasse ich ständig die Dunggrube von meinem Anwesen offen. Was sollte dann noch in meinem Garten gestohlen werden können? Mir können alle Diebe gestohlen werden. Im Übrigen will ich meine Ruhe und meine Brennnessel haben; denn wie sagt der Dichter?: »Kein Schnee und kein Eisen kann brennen so heiß, wie brennende Nessel und indischer Reis.« Hiermit wäre alles Notwendige gesagt.

Verfasst etwa 1937; {7/169}

Herr Leidenreich

Gesundig: Ja grüß Gott, Herr Leidenreich, wie geht's immer?

Leidenreich: O mei Gesundig, – nicht gut – gar nicht gut!

Gesundig: Sie schaun aber nicht schlecht aus.

Leidenreich: Ja ausschaun – aber innen – o jeh, da schaut's anders aus!

Gesundig: Was innen? Ja, fehlt's am Herz?

Leidenreich: Auch – aber in den Füßen …

Gesundig: In den Füßen? – Ja, d' Füß hat man ja net innen, die hat man doch außen.

Leidenreich: Na – innen in de Füß fehlt's.

Gesundig: Ja, was fehlt denn da, Herr Leidenreich?

Leidenreich: – – – und im Kopf, ojeh, und die Schmerzen …

Gesundig: Ja, innen in de Füß können S' doch keine Kopfschmerzen habn!

Leidenreich: Dös hängt alles mit der Milz zusammen, hat mir meine Frau gsagt, weil ich nach dem Essen immer einen argen Druck in den Lenden verspüre.

Gesundig: A, dös wird net so schlimm sein!

Leidenreich: Dös is schon schlimm, weil das ganze Nervensystem darunter leidet – meine Magennerven sind schon sehr angegriffen!

Gesundig: Geh, Herr Leidenreich, wer wird denn Ihre Magennerven angreifen. Die sind doch innen im Körper, die kann man ja gar nicht angreifen!

Leidenreich: Haben Sie noch nichts gelesen vom Vagus und vom Sympathischen Nervensystem?

Gesundig: Na! Ich hab nur die Gastwirtszeitung abonniert, da steht so was net drin!

Leidenreich: O mei, so saudumm kann nur a gsunder Mensch

daherreden! – Wenn mein Blutdruck net erhöht wäre, dann wär i ein ganz anderer Mensch. Durch den erhöhten Blutdruck leidet jedes Gefäß.

Gesundig: Jedes? Ja, jeder Mensch hat doch nur ein Gesäß?!

Leidenreich: Gefäß! – Nicht Gesäß!

Gesundig: Gefäß? Was ist denn dös?

Leidenreich: Ja mei, Sie verstehn ja gar nichts vom menschlichen Körper! Sie müssen Doktorbücher lesen. Gefäße – das sind die Arterien und Venen, in welchen das Blut fließt, und diese Arterien sind bei mir in Mitleidenschaft gezogen; aber die Salbe, mit der ich mich jetzt seit drei Tagen einreibe, macht diese Arterien wieder geschmeidig. Ich spür heut schon eine Erleichterung.

Gesundig: So, wo reiben S' Ihnen da ein mit dieser Salbe?

Leidenreich: Auf der Brust!

Gesundig: Auf der Brust? Äußerlich?

Leidenreich: Natürlich äußerlich! Innerlich könnte ich mich ja net einreiben!

Gesundig: Und wo sind die Arterien? Die sind doch innen?

Leidenreich: Die sind innen!

Gesundig: Und außen reiben S' Ihnen ein?! Dös is mir noch net ganz klar; da is doch d' Haut dazwischen!

Leidenreich: Ja natürlich, die Salbe dringt doch durch die Haut durch!

Gesundig: Bei Ihnen?

Leidenreich: Ja, bei Ihnen auch.

Gesundig: Bei mir? Ich hab mich ja net eingrieben!

Leidenreich: Nein, ich mein: bei jedem Menschen!

Gesundig: Ja, hat denn jeder Mensch solche Arterien, die man mit einer Salbe einreiben muss?

Leidenreich: Nein, jeder doch nicht; das wär ja traurig!

Gesundig: Ja, mir z. B., mir fehlt nix; ich war noch nie krank!

Leidenreich: Dös is eben der Fehler, weil Sie keine solchen Medizin-Bücher lesen.
Gesundig: Na, na, ich les mei Gastwirtszeitung; i möcht gsund bleibn!

Verfasst 1941; {4/112}

In der Apotheke

Valentin: Guten Tag, Herr Apotheker!
Apotheker: Guten Tag, mein Herr, Sie wünschen?
Valentin: Ja, das ist schwer zu sagen.
Apotheker: Hahaha, gewiss ein lateinisches Wort?
Valentin: Nein, nein, vergessen hab ich's.
Apotheker: Na ja, da kommen wir schon drauf, haben Sie kein Rezept?
Valentin: Nein!
Apotheker: Was fehlt Ihnen denn eigentlich?
Valentin: Nun ja, das Rezept fehlt mir.
Apotheker: Nein, ich meine: Sind Sie krank?
Valentin: Wie kommen Sie denn auf so eine Idee. schau ich krank aus?
Apotheker: Nein, ich meine, gehört die Medizin für Sie oder für eine andere Person?
Valentin: Nein, für mein Kind.
Apotheker: Ach so, für Ihr Kind. Also, das Kind ist krank. Was fehlt denn dem Kind?
Valentin: Dem Kind fehlt die Mutter.
Apotheker: Ach, das Kind hat keine Mutter?
Valentin: Schon, aber nicht die richtige Mutter.

Apotheker: Ach so, das Kind hat eine Stiefmutter.

Valentin: Ja ja, leider, die Mutter ist nur stief statt richtig, und deshalb muss sich das Kind erkältet haben.

Apotheker: Hustet das Kind?

Valentin: Nein, es schreit nur.

Apotheker: Vielleicht hat es Schmerzen?

Valentin: Möglich, aber es ist schwer. Das Kind sagt nicht, wo es ihm weh tut. Die Stiefmutter und ich geben uns die größte Mühe. Heut hab ich zu dem Kind gsagt, wenn du schön sagst, wo es dir weh tut, kriegst du später mal ein schönes Motorrad.

Apotheker: Und?

Valentin: Das Kind sagt es nicht, es ist so verstockt.

Apotheker: Wie alt ist denn das Kind?

Valentin: 6 Monate alt.

Apotheker: Na, mit 6 Monaten kann doch ein Kind noch nicht sprechen.

Valentin: Das nicht, aber deuten könnte es doch, wo es die Schmerzen hat, wenn schon ein Kind so schreien kann, dann könnts auch deuten, damit man weiß, wo der Krankheitsherd steckt.

Apotheker: Hat's vielleicht die Finger immer im Mund stecken?

Valentin: Ja, stimmt!

Apotheker: Dann kriegt es schon die ersten Zähne.

Valentin: Von wem?

Apotheker: Na ja, von der Natur.

Valentin: Von der Natur, das kann schon sein, da braucht's aber doch net schrein, denn wenn man was kriegt, schreit man doch nicht, dann freut man sich doch. Nein, nein, das Kind ist krank und meine Frau hat gsagt: »Geh in d'Apothekn und hol einen – – –?

Apotheker: Kamillentee?

Valentin: Nein, zum Trinken ghört's nicht.

Apotheker: Vielleicht hat's Würmer, das Kind.

Valentin: Nein, nein, die tät man ja sehn.

Apotheker: Nein, ich mein innen.

Valentin: Ja so, innen, da haben wir noch nicht reingschaut.

Apotheker: Ja, mein lieber Herr, das ist eine schwierige Sache für einen Apotheker, wenn er nicht erfährt, was der Kunde will!

Valentin: D'Frau hat gsagt, wenn ich den Namen nicht mehr weiß, dann soll ich an schönen Gruss vom Kind ausrichten, ah, von der Frau vielmehr, und das Kind kann nicht schlafen, weils immer so unruhig ist.

Apotheker: Unruhig? Da nehmen Sie eben ein Beruhigungsmittel. Am besten vielleicht: Isopropilprophe[n]ilbarbitursauresphenildimethildimethylaminophirazolon.

Valentin: Was sagn S'?

Apotheker: Isopropilprophenilbarbitursauresphenildimethildimethylaminophirazolon.

Valentin: Wie heißt dös?

Apotheker: Isopropilprophenilbarbitursauresphenildimethildimethylaminophirazolon.

Valentin: Jaaaa! Dös is! So einfach, und man kann sich's doch nicht merken!

Verfasst 1937; {4/40}

Radfahren und Ernährung*

Vortragender erscheint auf der Bühne mit einem alten Fahrrad im Rennfahrerkostüm.

Wenn man es eigentlich richtig betrachtet, ist das Radfahren eine große Dummheit, ich zum Beispiel fahrat ja überhaupt nicht, aber mir hat es der Doktor angeordnet, der hat gsagt, ich muss Bewegung haben, sonst werd ich zu fett. Fett bin ich eigentlich gar nicht, ich bin nur leichtsinnig, wie oft bin ich schon auf d'Nacht ohne Glocke ausgfahrn, nicht amal a Licht hab ich dabei ghabt und auf d'Nacht fahr ich nämlich nie ohne Licht aus, bei Tag weniger, außerdem es wird recht früh Nacht, wie im Winter zum Beispiel. Und im Winter fahr ich überhaupt nicht.

Was hab ich schon Malheur gehabt mit der Radlerei, erst kürzlich bin ich wieder mitsamt meim Radl unter a Automobil neinkommen, hab aber ein Glück dabei ghabt. Wie mich nämlich der Chauffeur unterm Wagen rauszieht, sieht er, dass ich a guter Spezi zu ihm bin, natürlich hat er dann sofort bremst, sonst wär ich sicher kaputt gewesen.

Darum sag ich, ich gib die ganze Radlerei noch auf, aber bevor ich mein Rad an einen andern verkauf, fahr ich doch lieber selber – – und mir tut das Radfahren gut, a jeder kann's net vertragen, da muss ma guat beinand sei, vor allem gsund auf der Brust (*hustet*), jetzt, ich halt auch was auf meine Gesundheit, ich leb auch darnach. Bei mir heißt's in der Früh um 11 Uhr raus ausm Bett, a paar gute Zigaretten graucht, z'Mittag a Paar Regensburger in Essig und Öl, recht sauer, das macht Blut.

Nachmittags a kleine Radtour nach Holzkirchen, aber gemütlich 70 km, wenn man dann so erhitzt am Ziel angelangt ist, net glei in a warms Lokal neisetzn, nein! Zuerst im Hausgang a bisserl stehn bleibn, wo's recht zieht, damit der Schweiß am Körper trocknet, wenn's einem dann s'Frieren anfangt, net glei a warme Limonad trinken, nein!, a frische Mass Bier schnell nunterstürzen und a Stück Brot danach essen, dann kann einem nix passieren – – nur auf diese Weise bekommt man ein kräftiges, blühendes Aussehen, schaun S' mich an, ich treib das schon wochenlang, a paar Freunde von mir habn diesen Rat auch befolgt, denen fehlt jetzt nix mehr.

Wissen Sie, jetzt fahr ich nur mehr zum Vergnügen, früher war's ja mein Beruf, ich war nämlich früher roter Radler, weil ich aber amal als roter Radler am »Gründonnerstag« »blau« gmacht hab, hat mir mein Prinzipal »weiß« gmacht, dass dös net sei darf und hat mir kündigt.

Verunglückt bin ich auch schon, bei meinem letzten Rennen hab ich einen Nabelbruch erlitten, an Gabelbruch wollt ich sagn, seit dieser Zeit hab ich die Rennerei satt. In meinem Leben mach ich kein Radrennen mehr mit, ich muss zu meiner Schande gestehen, dass ich bei jedem Rennen der Letzte war, da war aber nicht ich schuld, da warn die andern schuld, weil die immer vorgfahrn sind. Sehn Sie, der wo den ersten Preis gmacht hat, der Mann ist krank, der leidet an Verfolgungswahn, der bildet sich bei jedem Rennen ein, der Zweite fahrt ihm immer nach, und das war auch beim letzten Rennen der Fall – natürlich fährt doch der wahnsinnig dahin, der muss doch der Erste werden, das ist aber doch nicht gerecht, da soll man doch nur gesunde Leute dazu nehmen, wie ich. Wenn auch nicht jeder der Erste wird, das soll auch bei einem richtigen Rennen nicht vorkommen, das hätte auch gar keinen Sinn.

Ein paar Mal hab ich einen Schrittmacher gmacht, aber da ham S' mich net brauchen können, weil ich zu wenig Luft verdrängt hab.

Zum Schluss erzähl ich Ihnen noch was Interessantes, ich bin nämlich Vorstand des Radlerklub »d'Windhund« und da habn wir von der Fabrik eine neue Standarte kriegt, und in die Standarte war mit goldenen Buchstaben der schöne Spruch hineingestickt »Der Mensch denkt und Gott lenkt«. Wie ich das gelesen hab, hab i mei Radl packt, bin auf d'Straß naus, hab mi naufgsetzt und bin dahingefahren, ohne zu lenken – – dabei wirft's mich glei so an a Hauseck hin, dass ich drei Stund blödsinnig war – na, hab i mir denkt, mi draht's es nimma o mit euchere Sprüchwörter und seit dieser Zeit lenk ich wieder selber.

All Heil!

Originaltitel: All heil!; verfasst um 1920; {1/36}

Holzkirchen: Marktgemeinde, circa 35 km südlich von München
Regensburger: eine Wurstsorte
Prinzipal: Geschäftsinhaber, Lehrherr
fahrat: würde fahren
es: in diesem Fall Ihr
euchere: eure

Schamgefühl

Eine alte, sehr fromme Bäuerin auf dem Lande klagt seit längerer Zeit über Schmerzen im Unterleib. – Der Bauer meint: »Ja mei, Kathi, da muasst halt doch amal in d'Stadt einifahrn zu an Dokta, da werd nix anders übrig bleibn.« Und schweren Herzens, fährt die Bäuerin am andern Tag zu einem Doktor. Als sie wieder zu Hause ankam frug sie der Bauer: »Na, was hat denn der Dokta gsagt?« – »Ja, mei« sagt d'Bäuerin, »a Salbn hat er mir verschriebn, da sollt i mir 's Handglenk damit einreibn.« – –»'s Handglenk«? – – sagt der Bauer, – »ja, d'Schmerzen hast doch im Unterleib.« – »Freili, hab i d' Schmerzn im Unterleib«, sagt d' Bäuerin. »I hab aber gsagt zum Dokta: »An der Hand hab i d' Schmerzn, denn wenn i gsagt hätt am Unterleib, dann hätt i mich sicher vor dem Dokta nackert ausziagn müassn.«

Verfasst 1943, {7/187}

einifahrn: hineinfahren

»Wo alle dasselbe denken, wird nicht viel gedacht«

Auf der Suche nach dem tieferen Sinn

Am Heubodn

Anni: Simmerl, Simmerl! Wo bist denn?
Simmerl: Do!
Anni: Wo?
Simmerl: Do!
Anni: I seh di ja net.
Simmerl: Deswegn bin i do da.
Anni: Ja hörn tua i di scho, aber sehgn tua i di net.
Simmerl: Ja dös sell ko i scho versteh, weilst halt im Finstern nix siehst.
Anni: Aba warum hört ma nacha im Finstern was?
Simmerl: Ja warum? Hörst du ebba jetzt grad was?
Anni: Freili! Di hör i.
Simmerl: Warum grad ausgrechnet mi?
Anni: Weil halt sunst wahrscheinli neamand da is.
Simmerl: Ja woasst du dös gwiss?
Anni: Freili woass i dös gwiss, sunst tat i do außer dir no ebbs hörn.
Simmerl: Hörst du mi denn a, wenn i nix red?
Anni: Sell woas i net, red amal nix, ob i nacha was hör.
Simmerl: Ja, jetzt pass auf, jetzt red i nix – Hast dös jetzt ghört, wia i nix gredt hab?
Anni: Ja tadellos – Und dös hab i nacha ghört wiast gsagt hast »hast dös ghört wia i nix g'redt hab?«
Simmerl: So, dös hast ghört? – Aber des andere net?
Anni: Was für a anders?
Simmerl: No ja, wia i nix gredt hab.
Anni: Na, zuaghört hab i scho, aber ghört hab i nix.
Simmerl: Dös is gspaßig, gell, mit dera Hörerei!
Anni: Ja, dös is wohl gspaßig. – Du Simmerl! Probiern ma dös

gleiche mitn Sehn a, statt mitn Horchn, schaug amal net, ob i di na seh?

Simmerl: Ja, is scho recht, jetzt schaug i amal net – – jetzt hab i net gschaut, hast mi' gsehn?

Anni: Na!

Simmerl: Hast mi wirklich net gsehn?

Anni: Na gwiss net, i hab di ja zerst a net gsehn wiest gschaut hast.

Simmerl: Was? Da hast mi a net gsehn?

Anni: Na!

Simmerl: Ja, wo hast nacha da hingschaugt?

Anni: Nirgends.

Simmerl: Warum hast denn dann nirgends hingschaut?

Anni: Ja, wo hätt i denn sonst hinschaun solln?

Simmerl: Ja mei, zu mir her hättst schaun solln.

Anni: Im Finstern seh i di doch net.

Simmerl: Ja warum net?

Anni: Wenn du dös net woasst, wia soll's denn dann i wissn? Wo i doch viel dümmer bin als du.

Simmerl: Na Anni, dös kannst a net sagn, mir zwei san scho gleich dumm, sunst kunnt ma net so saudumm daherredn.

Anni: War dös saudumm, was mir jetzt grad gredt ham?

Simmerl: Na, ganz saudumm no net.

Anni: No net? – Was is denn nacha ganz saudumm?

Simmerl: Ganz saudumm war z. B. dös, wenn i zu dir gsagt hätt – Anni! Halt dir amal d'Ohrn zua, dann schaug i, ob i di riach.

Anni: So, dös is ganz saudumm?

Simmerl: Ja, dös war ganz saudumm!

Anni: O mei bin i saudumm, dass i net amal gwusst hab, was ganz saudumm is.

Verfasst 1937; {4/31}

sehgn: sehen
dös sell: das selbige, solche
neamand: niemand
ebbs: etwas
gspaßig: komisch, merkwürdig
kunnt ma: könnte man
gredt: geredet
amal: einmal

Das Aquarium

Eine botanozoologische Viecherei

Seit so und soviel Jahren wohn ich jetzt schon in der Sendlingerstraße, eigentlich nicht in der Sendlingerstraße, sondern – also schon in der Straß, – also in den Häusern, die in der Sendlingerstraße sind, weil in der Straße selber könnt man ja nicht wohnen, weil immer die Trambahn durchfährt. – Ich wohne also in den Häusern, aber nicht dass Sie glauben, ich wohn in alle Häuser, nein, bloß in einem, und da wohn ich innen drin in die Zimmer, aber auch nicht in alle Zimmer, sondern bloß in einem, im ersten Stock, weil in dem Haus, wo wir da wohnen, ist ein erster Stock, der is unterm zweiten Stock und obern Parterre so zwischen drin. Und da geht bei uns in dem ersten Stock eine Stiege nauf, ja, die geht schon wieder runter auch, aber zuerst geht s' nauf; wenn man's eigentlich richtig nimmt, geht ja nicht die Stiege nauf, sondern mir gehn auf d'Stiegn nauf, man sagt eben so. Ja und da haben wir in dem Zimmer drin, – weil die Hausfrau, die is auch da eingezogen, wo ich wohne und da haben wir in dem Zimmer drin ein Aquarium, das ist also ein direktes Aquarium, weil's schon 's Wort sagt, es ist auch eins, aber wir glauben's nicht, dass das wirklich eins ist; vielen haben wir's schon sehen lassen und jeder hat's erkannt, kürzlich haben wir sogar an Bezirksinspektor raufkommen lassen, und der hat's auch sofort kennt, dass 's eins ist. – Unser Aquarium is aus Glas, aus durchsichtigem Glas – jawohl, weil es Milchglas auch gibt. (*Mit den Händen zeigend.*) Sehn Sie, unser Aquarium sieht ungefähr so aus: Sagen wir z. B., das hier ist die Glaswand, das hier ist meine Hand, ich mach's ja nur, dass Sie's besser verstehen, also das soll die Glaswand nur vorstellen, also die Glaswand steht so da, von derer Glaswand vis-à-vis steht auch wieder eine Glaswand, auch aus Glas, nur mit dem Unterschied, dass die eine Glaswand herüben und die andere Glaswand drüben steht; so ist es aber natürlich noch kein Aquarium, weil so rüber (zeigend) sind auch zwei Wände, und die zwei Wände und die zwei Wände sind an den Ecken zusammengemacht, damit dieselben nicht auseinanderfallen, weil, wenn s' nicht zusammgmacht wären, täten s' immer auseinanderfallen. – Jetzt die Hauptsache vom ganzen Aquarium ist der Boden, der muss unbedingt da sein, denn wenn man nur die vier Wänd hätt und den Boden nicht, und man schüttet oben Wasser nein, dann läuft das Wasser unter raus, da dürfen Sie zehn Jahre Wasser neinschütten, das läuft immer unten raus. Damit aber das Wasser nicht rausläuft, deshalb ist der Boden da. – Bei einem Vogelhaus ist das ganz anders, da sind schon auch so Wände wie beim Aquarium, nur mit dem Unterschied, dass die Glaswände beim Vogelhaus nicht aus Glas sind, sondern aus Luft und Draht, da kommt immer zuerst so viel Luft, dann kommt wieder so viel Draht, so geht beim Vogelhaus der Draht und die Luft übers ganze Haus rüber; ja sehen S', wenn das bei einem Aquarium auch so wär als wie beim Vogelhaus, dann dürfte in einem Aquarium ungeniert ein Boden drin sein, dann lief halt das Wasser, wenn man wirklich eins hineinschütten täte, da hinaus, wo der Draht nicht da ist. – Das werden die Herrschaften kaum verstanden haben. – Jetzt wir haben im Aquarium Goldfisch drin und im Vogelhaus haben wir einen Vogel; nun haben wir probeweise mal die Goldfische ins Vogelhaus getan und den Kanarienvogel ins Aquarium, da sind uns aber die Goldfisch immer übers Stangl nuntergfalln, weil s' keinen Halt drin ghabt haben, und er Kanarienvogel ist im Aquarium drin ersoffen. Dann haben wir's wieder beim alten gelassen und haben den Vogel wieder ins Vogelhaus getan und die Goldfische wieder ins Aquarium wo s' hingehörn. Seit der Zeit schwimmen die Goldfisch wieder im Aquarium umher, einmal so rüber, dann so rüber, dann so nauf, die schwimmen fast jeden Tag anders, das kann man nicht so genau verfolgen. – Nun ist uns neulich ein Goldfisch rausgfalln, weil wir in dem Zimmer, wo das Aquarium steht, da haben wir unten an Fußboden, und da is er natürlich dann dortgelegen, aber erst wie er 's Fallen aufgehört hat. – Jetzt hat aber der Fisch am Boden kein Wasser ghabt, weil wir außer im Aquarium haben wir weiters kein Wasser im Zimmer, der Fisch ist aber das Wasser gewöhnt, schon vom Aquarium her, weil da immer eins drin ist, ja wissen Sie, wenn wir das drei oder vier Tage vorher gewusst hätten, dass da ein Fisch rausfällt, dann hätten wir noch ein Aquarium gekauft und hättn wir 's da unten hingestellt, wo der übermorgen rausfällt, aber das können wir eben nicht wissen, denn wenn wir wirklich eins hingestellt hätten, dann wär er ganz gewiss auf der andern Seite hinausgefallen, da hätten wir nicht genug Aquariums kaufen können. – Dann hat eben meine Hausfrau gesagt, Sie werden sehen, der Fisch geht uns am Boden unten kaputt, da ist es besser, ich geb Ihnen drei Mark fünfzig Pfennig zu einem Revolver, dann tun S'n erschießen, damit er nicht so lang zu leiden braucht, ja, sag ich, das is halt auch so eine Sach, schließlich treff ich den Fisch nicht recht, dann müsste er erst recht leiden, da ist's schon gscheiter, hab ich gsagt, ich nehm den Fisch und trag denselben in die Isar und tu ihn ertränken.

Verfasst um 1908; {1/182}

Sendlinger Straße: benannt nach Sendling, dem ersten Ort, den man erreichte, wenn man aus der Stadt kommend der Straße nach Sendling folgte. Der Ort wurde 1877 der Stadt München eingemeindet. Heute ist die Sendlinger Straße im Zentrum Münchens.

Das Brillantfeuerwerk

Nach dem Weg fragen*

[…]
Dekoration oder freie Anlage – Bank – Wegweiser zur Rosenau – Englischer Garten oder Geiselgasteig.

Valentin (*in der Uniform eines bayerischen schweren Reiters geht stumm von links nach rechts – bleibt 10 Sekunden hinter den Sträuchern und kommt wieder denselben Weg zurück. Wartet kurze Zeit und geht wieder nach rechts, kommt vor, geht schnurgerade aus – kehrt wieder um und sieht den Wegweiser – geht auf denselben zu, betrachtet ihn kopfschüttelnd und weiter rechts ab – fragt Passanten, der auf der Bank sitzt*): Wo geht es hier zur Rosenau?
Passant: Da müssen Sie da hinüber, immer geradeaus.
Valentin: Da komme ich ja her.
Passant: Ja, da müssen Sie hinüber.

Valentin: So! (*Geht wieder zurück – bleibt in der Mitte beim Wegweiser stehen und sagt:*) Da gehört so eine Hand her (*geht links ab – kommt aber sofort wieder zurück, schreit zurück*). Da ist ja ein Bach, da kann man nicht hinüber.

Passant (*auf der Bank*): Ja, über den Bach geht doch eine Brücke, und über die müssen Sie hinübergehen.

Valentin: So! – (*Dreht sich um und geht wieder links ab. – Er geht nun suchend nach allen Seiten blickend seinen Weg weiter, da kommt ihm ein Kindermädchen mit Kinderwagen entgegen*): Sie Fräulein, wo kommt man denn da in die Rosenau?

Karlstadt: Da müssen Sie da hinübergehen in die Rosenau.

Valentin: Da hat mich aber einer da herübergeschickt in die Rosenau.

Karlstadt: Da müssen Sie hinübergehen, immer geradeaus, dann kommen Sie direkt hin.

Valentin: Ja, aber der hat gesagt, ich soll über den Bach hinübergehn, der da herüben ist.

Karlstadt: Ja, das stimmt schon, der Bach ist da herüben auf der Seite.

Valentin: Ja, und die Brücke?

Karlstadt: Die ist drüben auf der anderen Seite.

Valentin: Das gibt's doch nicht, dass der Bach da ist, und die Brücke da drüben.

Karlstadt: Ja, das kommt mir auch ein wenig dumm vor.

Valentin: Das ist schon saudumm!

Karlstadt: Ja wissen Sie, es ist da drüben auch ein Bach.

Valentin: Das wären ja dann zwei Bäche.

Karlstadt: Ja, ich glaub, dass der da drüben der gleiche Bach ist, wie der da herüben.

Valentin: Wie gibt's denn das, der kann doch nicht zu gleicher Zeit da drüben und da herüben auch sein?

Karlstadt: Das weiß ich auch nicht, vielleicht schlängelt er sich so umher.

Valentin: Ja, das tun die Bäche gern.

Karlstadt: Da haben sie recht – aber Sie wollen doch in die Rosenau?

Valentin: Jawohl –

Karlstadt: Ja, da geht es schon da hinüber, denn wenn Sie da hinunter gehen würden, kämen Sie nie in die Rosenau.

Valentin: Das stimmt!

Karlstadt: Sehn Sie, da ist ja sowieso ein Wegweiser.

Valentin: Da kennt man sich aber nicht aus.

Karlstadt: Ja, ja, den Weg muss man natürlich wissen! – – Sie wollen wahrscheinlich heut zu dem Brillantfeuerwerk, das soll ja wunderbar werden.

Valentin: Ich hab es noch nicht gesehen.

Karlstadt: Ja, da müssen Sie da hinunter, das ist leicht zum Finden.

Valentin: Für mich nicht.

Karlstadt: Ja, weil Sie noch nicht dort waren, ich wüsste ja den Weg gut, weil ich schon ein paarmal dort war, aber heute kann ich nicht, weil ich heute das Kind dabei hab. – Aber da finden Sie schon hin, den Weg kann Ihnen ja jeder sagen.

Valentin: Wenn aber kein Jeder kommt?

Karlstadt: Dann kommt vielleicht ein anderer – jetzt gehen Sie immer geradeaus bis zu dem Bach, dann über die Brücke, dann kommt der Baum mit den vielen Ästen und dann gehn Sie links hinein in die Gasse.

Valentin (*macht Honeur*): Danke!

Karlstadt: Immer geradeaus, dann links über die Wiese, wo die Blumen wachsen, da – wo vorigen Sonntag der weiße Schmetterling gflogen ist.

Valentin: Dann find ich's schon (*geht ab*).

Karlstadt: Und nach der Wiese sehn Sie sogleich das große Schild »Zur Rosenau«, und wenn Sie sich nicht mehr auskennen, dann fragen S' noch einmal, und wenn niemand kommt, dann kehren Sie wieder um und fragen mich noch einmal – jetzt hört er mich doch nicht mehr (*geht zur Bank – zum Kind*). So Butzerl, jetzt hast du's gehört, der Soldat geht jetzt in die Rosenau hinunter zum Brillantfeuerwerk – Brillantfeuerwerk – das heißt auf lateinisch Pyrotechnisches Experiment – Ah! … das verstehst du noch nicht. Siehst du, wenn du auch schon groß wärst und wärst auch ein Soldat, dann könnten wir zwei auch zum Feuerwerk gehen – aber du bist ja kein Soldat. […]

Valentin (*schleicht sich […] an die Bank, auf welcher das Kindermädchen sitzt und hält ihr die Hände vors Gesicht, wie das Liebende zu machen pflegen*): Kuku!

Karlstadt: Wer ist es?

Valentin (*nimmt Hände weg, Mädchen schaut um*).

Karlstadt: Ah Sie sind es – sind Sie schon wieder zurück von der Rosenau?

Valentin: Sie haben mich ganz schön angeschmiert mit dem weißen Schmetterling, ich hab an dieser Stelle keinen Schmetterling fliegen sehen, wie Sie gesagt haben.

Karlstadt: Ja, der Schmetterling ist ja vergangenen Sonntag an der Stelle umhergeflogen. Dann waren Sie noch gar nicht in der Rosenau?

Valentin: Nein.

Karlstadt: Sie wollten doch zu dem Brillantfeuerwerk?

Valentin: Natürlich!

Karlstadt: Das Feuerwerk beginnt doch erst nachts 10 Uhr, da könnten Sie doch noch ein wenig hierbleiben.

Valentin: Wenn Sie gestatten.

[…]

Großtonfilm; verfasst 1935; {8/209}

Das Brillantfeuerwerk

Übers Finsterwerden*

[…]

Liesl: Ja, Sie, wann ist denn das Feuerwerk?

Wirt: Jetzt na, wenn's finster wird.

Liesl: Jetzt is aber no lang net finster.

Wirt: Drum wird's aa jetzt no net abbrennt.

Karl: Wenn's aber heut net finster wird?

Wirt: Dös is mir wurscht, ob's finster wird oder net, abbrennt wird's auf alle Fälle.

Karl: Na kannst 's aa jetzt abbrenna, jetzt is ja no net finster.

Wirt: Jetzt is do no hell, dunkler muaß auf alle Fäll werden.

Liesl: Ja Sie, was taten S' denn da, wenn's heut ausnahmsweis net finster werden tat?

Wirt: Geh, reden S' do net so dumm daher, finster werd's do alle Tag auf d'Nacht!

Karl: Wenn's alle Tag finster werd, dann kannt ma ja alle Tag a Feuerwerk abbrennen.

Wirt: Freili kannt ma das, aber wenn ma alle Tag a Feuerwerk abbrennt, dann ist ja a Feuerwerk was ganz Alltägliches, das hätt ja gar kein Sinn.

Karl: Na hätt ja des aa kein Sinn, wenn's alle Tag dunkel werd'.

Wirt: Das hat eben schon an Sinn, denn wenn's auf der Welt gar niemals mehr dunkel werden tat, dann könnt ma gar nia a Feuerwerk abbrenna.

Karl: Warum net – es hoaßt doch »Alles kann ma, wenn ma will!«

Wirt: Natürli kann ma … jetzt woaß i nimmer, was i sagen soll …

Liesl: Ja, Sie, wenn's aber dunkel is, und Sie zünden Ihr Feuerwerk net an, dann kann ma's ja auch net sehn?

Wirt: Das ist doch klar, dass ma im Finstern net sieht.
Karl: A Feuerwerk aa net?
Wirt: Jo, grad a Feuerwerk sieht ma im Finstern besser.
Liesl: Auch wenn's net ozunden is?
Wirt: Jessas, Jessas, die bringa mich direkt zur Verzweiflung. Jetzt lasst's mir mei Ruah und wartet's halt, bis finster is.
Karl: Ja, wir können do net bis morgen in der Früah da warten, bis des Feuerwerk angeht.
Wirt: Bis morgen in der Früah? Da is ja scho zspät, da wird's ja scho wieder hell.
Liesl: Ja Sie, aber wenn …
Wirt: Jetzt lasst's ma mei Ruah, steigt's ma an Buckel nauf.
Karl: Ja, des is a guate Idee, von Eahnam Buckel aus, seh ich's Feuerwerk besser.
Liesl: Sag nichts mehr zu eahm, jetzt stinkt er ihm.
4. Soldat: Geh weiter, Musi, sing ma oans, bis 's Feuerwerk angeht.
(*Kellnerin bringt Ziehharmonika.*)
[…]

Verfasst 1926; {5/160}

Die Fremden

Professor: So! – Wir haben also in der letzten Unterrichtsstunde über die Filzpantoffel gesprochen und behandeln heute das Hemd. Wer von euch weiß zufällig einen Reim auf »Hemd«?
Valentin: Auf Hemd reimt sich »fremd«.
Professor: Sehr gut! Und wie heißt die Mehrzahl von »fremd«?

Valentin: Die Fremden.

Professor: Jawohl, die Fremden. – Und aus was bestehen die Fremden?

Valentin: Aus »fremd« und aus »den«.

Professor: Sehr gut! – – Und was ist ein »Fremder«?

Valentin: Fleisch – Gemüse – Mehlspeisen – Obst usw.

Professor: Nein! – Nein! – Nicht was er isst, sondern was er tut.

Valentin: Er reist ab.

Professor: Sehr richtig! – Er kommt aber auch an – und ist dann ein Fremder. – Bleibt er dann für immer ein Fremder?

Valentin: Nein! – Ein Fremder bleibt nicht immer ein Fremder.

Professor: Wieso?

Valentin: Fremd ist der Fremde nur in der Fremde.

Professor: Das ist nicht unrichtig. – Und warum fühlt sich ein Fremder nur in der Fremde fremd?

Valentin: Weil jeder Fremde, der sich fremd fühlt, ein Fremder ist, und zwar solange, bis er sich nicht mehr fremd fühlt – dann ist er kein Fremder mehr.

Professor: Ausgezeichnet! – Wenn aber ein Fremder schon lange in der Fremde ist, – ist das dann auch ein Fremder? Oder ist das ein Nichtmehrfremder?

Valentin: Jawohl, das ist ein Nichtmehrfremder; aber es kann diesem Nichtmehrfremden – unbewusst – doch noch einiges fremd sein.

Professor: Was zum Beispiel?

Valentin: Den meisten Münchnern z. B. ist das Hofbräuhaus nicht fremd – hingegen ihnen die meisten Museen fremd sind.

Professor: Sehr richtig! – Dann kann also der Einheimische in seiner eigenen Vaterstadt zugleich noch ein Fremder sein. – Es gibt aber auch Fremde unter Fremden! Wie verstehen Sie das?

Valentin: Fremde unter Fremden sind – so wie ich mir das vorstelle –, wenn Fremde mit dem Zug über eine Brücke fahren und ein anderer Eisenbahnzug mit Fremden unter derselben durchfährt, so sind die durchfahrenden Fremden – Fremde unter Fremden, was Sie, Herr Professor, wahrscheinlich nicht so schnell begreifen werden.

Professor: Leicht fällt es mir nicht! Aber nun wieder zum Thema. – Und was sind »Einheimische«?

Valentin: Einheimische sind das Gegenteil von Fremde. Aber dem Einheimischen sind die fremdesten Fremden nicht fremd, – er kennt zwar den Fremden persönlich nicht, merkt aber sofort, dass es sich um einen Fremden handelt, bzw. um Fremde handelt; zumal, wenn diese Fremden in einem Fremdenomnibus durch die Stadt fahren.

Professor: Wie ist es nun, wenn ein Fremder von einem Fremden eine Auskunft will?

Valentin: Sehr einfach. – Fragt ein Fremder in einer fremden Stadt einen Fremden um irgendetwas, was ihm fremd ist, so sagt der Fremde zu dem Fremden: »Das ist mir leider fremd, ich bin hier nämlich selber fremd.«

Professor: Das Gegenteil von fremd ist bekannt. Ist Ihnen das klar?

Valentin: Eigentlich ja! Denn, wenn z. B. ein Fremder einen Bekannten hat, so muss ihm dieser Bekannte zuerst fremd gewesen sein, – aber durch das gegenseitige Bekanntwerden sind sich die beiden nicht mehr fremd. Wenn aber diese beiden Bekannten zusammen in eine fremde Stadt reisen, so sind diese zwei Bekannten dort für die Einheimischen wieder Fremde geworden. – Sollten sich diese beiden Bekannten hundert Jahre in dieser fremden Stadt aufhalten, so sind sie auch dort den Einheimischen nicht mehr fremd.

Verfasst 1940; {4/176}

Die gestrige Zeitung

Sparkassenfilm

Mann: Du Frau, hat der Mann, der heute die gestrige Zeitung kaufen wollte, die Zeitung schon bekommen?

Frau: Dem hab ich s' schon gegeben.

Mann: Die gestrige?

Frau: Nein, die heutige.

Mann: Ach! Der wollte doch die gestrige haben!

Frau: Die gestrige hab ich nicht gehabt, dann hab ich ihm die heutige gegeben.

Mann: Wann?

Frau: Heute. Die gestrige hab ich ihm für morgen versprochen.

Mann: Ich auch; dann brauchst du ihm die gestrige nicht besorgen, weil ich ihm dieselbe besorge.

Frau: Die gestrige können wir ihm beide nicht mehr besorgen, weil die Redaktion keine mehr hat. Dann muss halt der Mann eine vorgestrige nehmen!

Mann: Eine vorgestrige wird dem Mann doch nichts nützen!

Frau: Na, wenn er schon eine alte Zeitung will, dann ist doch eine vorgestrige noch älter als eine gestrige!

Mann: Du hast Ansichten! In der gestrigen Zeitung kann aber etwas gestanden sein, was in der vorgestrigen nicht gestanden hat, was nicht einmal in der heutigen steht!

Frau: Ja, ja! Das hat ja der Herr gesagt, und dann hat er mir die heutige abgekauft und hat gesagt: Auweh!, da steht's nicht drin! Wahrscheinlich ist das gestern drin gestanden! – – Was drin gestanden sein soll, das hat er mir nicht gesagt!

Mann: Das steht dann sicher in der gestrigen drin!

Frau: Was?

Mann: Was der Mann in der heutigen gsucht hat.

Frau: Das glaub ich nicht, denn solche Sachen stehn oft gar nicht in der Zeitung!

Mann: Was für Sachen?

Frau: Na ja, so geheime Sachen!

Mann: Woher weißt du denn, dass der Herr eine geheime Sache sucht?

Frau: Na, wenn das nichts Geheimes war, dann hätt er mir doch gesagt, was er sucht!

Mann: Was er sucht! – Wassersucht! – Wassersucht ist doch nichts Geheimes, das ist eine Krankheit. Natürlich liest man auch in der Zeitung von Heilmitteln. Vielleicht steht's in der morgigen Zeitung!

Frau: Die morgige gibt's doch heute noch nicht!

Mann: Aber morgen gibt's die heutige!

Frau: Aber der Mann will doch die gestrige!

Mann: Ach! – Du machst mich noch ganz wirr! Der Mann war doch gestern da, nicht heute! Und gestern wollte er die gestrige, also ist das in diesem Falle die vorgestrige!

Frau: Nein! – – – Das hat der Herr nur vermutet; er hat gemeint, wenn es nicht in der gestrigen steht, dann könnte es eventuell in der vorgestrigen stehen.

Mann: Du verstehst mich nicht! Sagen wir, der Mann wäre erst morgen gekommen und hätte die gestrige Zeitung wollen, dann wäre die heutige Zeitung die gestrige gewesen, und die gestrige die vorgestrige. In Wirklichkeit aber wäre die vorgestrige die gestrige gewesen; hast du das verstanden?

Frau (*ganz laut*): Ja, nicht im Geringsten!

Mann (*zornig*): Das ist ja auch gar nicht wichtig! Der Herr braucht die Zeitung, wo das drin steht.

Frau: Dann muss er doch in der vorgestrigen nachschauen!

Mann: Ja, steht's denn in der vorgestrigen?

Frau: Ja, das weiß doch ich nicht, der Mann weiß es ja selbst nicht!

Mann: Ja wenn's er selber nicht weiß, was drin steht, wie solln's denn wir dann wissen!

Frau: Natürlich weiß er das, was drin stehen soll, nur, wo es drin steht, in was für einer Zeitung, das weiß er nicht! Zu mir hat er gsagt, in der gestrigen ... Hallo! Hallo! – Sie Herr! – Du, da ist der Herr! – Sie, die gestrige Zeitung hab ich leider nicht mehr bekommen, wo das drin stehn soll, was Sie suchen ...

Herr: Ach, das ist nicht so wichtig! Ich brauch die Zeitung nicht mehr. Ich wollte nur wissen, ob die Sparkasse für eisernes Sparen auch nachmittags geöffnet ist.

Verfasst 1943; {8/91}

Gespräch am Springbrunnen

(A *steht am Sendlingertorplatz in München und betrachtet sich den Springbrunnen und meint [sagt] zu einem neben ihm stehenden Herrn*): So ein Springbrunnen ist doch etwas Herrliches.

B.: Wenn er springt, is er sehr schön.

A.: Was heißt springt, wenn er nicht springen würde, wär's ja kein Springbrunnen.

B.: Was wär's dann für ein Brunnen?

A.: Dann wär es keiner.

B.: Gar keiner?

A.: Nein! Gar keiner nicht, es wäre halt dann ein Brunnen, der nicht springt.

B.: Aber da is er schon.
A.: Freilich is er da.
B.: Aber sehn tut mer ihn nicht.
A.: Wenn er nicht springt – nicht.
B.: Hören tut mer ihn auch nicht.
A.: Wenn er springt schon, dann rauscht das Wasser.
B.: Rauschen tut er, und springen zu gleicher Zeit.
A.: Der Springbrunnen rauscht nicht, nur das Wasser.
B.: Ohne Springbrunnen?
A.: Nein, mit Springbrunnen.
B.: Kann man so einen Springbrunnen kaufen?
A.: Nein.
B.: Woher hat dann unsere Stadtverwaltung den Springbrunnen?
A.: Der wurde gestiftet.
B.: Springend?
A.: Nein – da musste zuerst das Wasserbassin betoniert werden, dann wurden die Rohre gelegt und die Blumenanlagen und dann wurde ein Geländer herum gemacht.
B.: Und dann?
A.: War er fertig.
B.: Aber gesehen hat man ihn noch nicht.
A.: Wen?
B.: Den Springbrunnen selbst.
A.: Nein, erst als er aufgedreht wurde, dann ist der Wasserstrahl in die Höhe gesprungen.
B.: Vor Freude?
A.: Na – das ist doch ein Naturgesetz, wenn man einen Wasserhahn aufdreht, springt das Wasser immer in die Höhe.
B.: Immer nicht, in unserer Küche zu Hause, wenn man den Wasserhahn aufdreht, springt das Wasser hinunter.
A.: Eine Küche und der Sendlinger-Tor-Platz ist auch zweierlei.

B.: Aber nützlich ist ein Springbrunnen nicht.

A.: Nutzen hat er keinen.

B.: Warum baut man dann Springbrunnen?

A.: Nur zur Zierde – zum Anschauen.

B.: Für wen?

A.: Für die Bewohner unserer Stadt.

B.: Wie lange existiert der Springbrunnen schon?

A.: Ich glaube seit 1860, also fast hundert Jahre lang.

B.: Nun, dann müssen ihn doch alle Münchner schon gesehen haben.

A.: Das ist Geschmackssache, was Schönes kann man sich zwei- und dreimal ansehen.

B.: Zwei- bis dreimal schon, aber so alte Münchner oder gar die, die am Sendlinger-Tor-Platz wohnen, müssen sich doch schon an dem Springbrunnen satt gesehen haben.

A.: Für die Münchner allein is er auch nicht gemacht worden, sondern hauptsächlich für die Fremden.

B.: Nein, das stimmt nicht, die Fremden kommen nicht wegen dem Wasser, sondern wegen dem Bier zu uns nach München.

A.: Das stimmt.

B.: Mich hat noch nie ein Fremder gefragt: »Sagn Sie mal, wo kann man hier einen Springbrunnen sehen?« – Alle haben mich gefragt: »Wo ist hier das Hofbräu?«

A.: Natürlich kommt kein Mensch wegen dem Wasser nach München, und keiner wird aus dem Springbrunnenbassin Wasser saufen wollen.

B.: Warum haben s' dann einen eisernen Zaun drumrum gemacht?

A.: Dass man nicht nass wird, wenn man zu nahe an den Springbrunnen hingehen würde.

B.: Aber im Winter?

A.: Im Winter? Da springt er ja nicht.

B.: Wenn aber ein Fremder im Winter den Springbrunnen sehen will?

A.: Das kann er nicht, da muss er schon warten, bis es wieder Sommer wird.

B.: Muss er dann so lang in München bleiben?

A.: Nein, der fährt wieder heim und soll im Sommer wieder kommen.

B.: Wenn er aber nicht mehr kommt?

A.: Dann sieht er ihn nicht.

B.: Da hat's der Münchner leichter, der sieht ihn immer.

A.: Im Winter aber nicht?

B.: Warum springt er nicht im Winter?

A.: Da tät der Springbrunnen einfrieren.

B.: Das ist nicht wahr, laufendes Wasser friert nie ein.

A.: Da haben Sie recht, das hat mir auch einmal ein Installateur gesagt, das wissen vielleicht die Herren Stadträte gar nicht.

B.: Das muss man den Stadträten sagen, die sind einem vielleicht dafür dankbar, dann könnte man sich doch die Arbeit mit dem Zudrehen ersparen.

A.: Gewiss, hieraus sieht man, dass der Laie auch manchmal eine gute Idee haben kann.

B.: Nur eines ist mir nicht klar, der Springbrunnen springt in die Höhe, dann fällt das Wasser wieder herunter und sammelt sich in dem Wasserbecken und läuft dann zum Ablaufrohr wieder hinaus.

A.: Ganz klar, der Ablauf ist wichtiger als der Springbrunnen selbst, denn wenn da kein Ablauf wäre und das Wasser hätte seit dem Jahre 1860 nicht ablaufen können, da wäre vielleicht heute ganz München – ganz Bayern – ganz Deutschland – vielleicht ganz Europa überschwemmt, – was wäre das für eine gewaltige Katastrophe, wenn einer aus Mutwillen das Ablaufrohr verstopfen würde?

B.: … ah!!! … Jetzt weiß ich, warum dass man um diesen Springbrunnen ein Geländer gemacht hat.

Verfasst 1946; {4/236}

mer: man

Im Gärtner-Theater

Ich weiß nicht mehr genau, war das gestern oder war's im vierten Stock oben, da bin ich mit meiner Mutter ins Gärtnertheater gegangen. Wir haben zwei Billetten gehabt, und mit diesen zwei Billetten sind wir zu einer Vorstellung gegangen. – Wir hätten uns zuerst bald nicht hinein getraut, weil wir geglaubt haben, ins Gärtnertheater dürfen nur die Gärtner hinein, wir haben aber vorsichtshalber in einem Auskunftsbureau telefonisch angefragt, und da hat's dann geheißen »Ja«, dann waren wir wenigstens sicher, dass wir uns nicht umsonst angezogen haben – weil wir angezogen ins Theater hinein gegangen wären. – Kaum sind wir dringesessen, ist es noch lang net angegangen, ja haben wir uns gedacht, jetzt warten wir schon bis es angeht, wenn wir schon positiv das Theaterstück sehen wollen, denn wegen dem Theaterstück sind wir hauptsächlich hineingegangen. No, wie wir so a halbe Stund drinsitzen, auf einmal – geht's noch nicht an; ja, haben wir uns gedacht, wir zahlen doch nicht fürs »no net angehn«. Auf einmal sind die Musiker reingekommen, die haben sich gleich vorn an die Bühne hingesetzt, dass ja alles recht gut sehn und hörn, die andern Leute, wo zahlen und ’s Jahr vielleicht einmal ins Theater hinein kommen, die dürfen sich hinten hinsetzen. – Endlich ist dann ’s Theaterstück selbst angegangen, jetzt das hat uns eigentlich weniger interessiert, weil’s uns der Vater zu Haus schon erzählt hat, gehen haben wir auch nicht gleich wollen, wenn wir schon extra deswegen hergegangen sind.

Nach dem ersten Akt ist eine Pause gekommen, während der Pause haben’s überhaupt nicht gspielt, da ist da Vorhang runter gangen, dann haben wir nicht mehr gsehn, wie’s droben weiterspielen. Jetzt haben uns ich und meine Mutter gedacht, jetzt könnten wir eigentlich in den Erfrischungsraum hinaufgehen, weil’s uns so heiß war; no, wir sind hinaufgegangen, da habn wir uns gar nicht auskennt droben, da hat’s Flaschenbier geben, Schokoladebonbons, belegte Brötchen und lauter so Zeugs, und ich und meine Mutter, wir haben uns den Erfrischungsraum so wie ein Brausebad vorgestellt. – No, dann sind wir wieder hinuntergegangen auf unsere Plätze, ins Parkett, da ist uns beim nächsten Akt was Dummes passiert, da habn wir sehen wollen, ob auf der Bühne ein Teppich liegt, drum sind wir aufgestanden von unsere Sitz, derweil schreien s’ hinter uns »setzen«; wie wir uns niedersetzen wollen, haben wir keine Sessel mehr, haben s’ uns in diesem Moment die Sessel gestohlen. Jetzt haben uns ich und meine Mutter, bis der Akt aus war, in der Kniebeuge so hinbuckeln müssen, wissen S’, wie uns die Haxen weh getan haben; erst wie der Akt gar gewesen ist und wie das Theater heller wurde, sind wir auch heller worden, da sind wir drauf gekommen, dass die Sitz bloß so hinaufgeschnappt sind.

Nach dem vierten Akt war’s dann beim Schluss gar, jetzt hat’s uns erst interessiert, wie das Theaterstück heißt, wo wir grad gesehen haben. Wir haben schon an Theaterzettel dabei gehabt, aber einen alten, vom Hoftheater, aus Lohengrün, den haben wir uns nur mitgenommen, dass wir uns im Gärtnertheater nicht extra einen kaufen müssen, darum hat nix gestimmt drauf, weil das Stück wo wir grad gesehen habn, hat der Herr neben uns gsagt, heißt »Bruder Straubinger«. – Drum ist auch kein Schwan dahergekommen, anstatt dem Schwan ist eben dann der Bruder kommen, da Straubinger. – Wir wärn dann schon noch sitzen geblieben, aber die andern Leut sind schon alle draußen gewesen, haben wir uns denkt, gehn wir auch, und weil wir so müd waren, wären wir gleich gefahren, weil grad wie wir zum Theater hinaus sind, ist ein Auto draußen gstanden – draußen gestanden sind ja mehr, jetzt wir wären bloß mit einem gefahren, weil wir nicht mehr Geld dabei gehabt haben. – Wie wir an das Auto hinkommen, fragt der Chauffeur, wo wir hinfahren wollen – da sind wir nicht gefahren, grad weil er so neugierig gewesen ist, und zweitens hätte sich's Fahren bei uns so nicht recht rentiert, weil wir vis-à-vis vom Theater wohnen.

Dann sind wir heim und ins Bett gegangen, d. h. nicht gegangen, sondern hineingestiegen, weil vom Zimmer bis zum Bett haben wir nicht gar so weit zu gehen.

Wir haben die ganze Nacht geschlafen, wie wir in der Früh aufwachen, hat uns die ganze Nacht vom Theaterstück geträumt, haben wir das ganze Theaterstück im Bett gesehen, wissen S' wie uns das Geld gereut hat für die zwei Billetten. Wir haben uns aber verschworen, dass wir nie mehr ins Gärtnertheater gehen, außer wir sind am Tag vorher im Bett gelegen.

Verfasst um 1909; {1/17}

Billetten: korrekter Plural Billetts oder Billette; veraltet für Zettel, Briefkarte, Eintrittskarte, Fahrkarte
hinbuckeln: hinbücken
Haxen: die Beine (auch Füße)

gar: aus, beendet, zu einem Schluss kommen
Gärtnertheater: Name des Theaters, der sich vom Platz ableitet, an dem das Theater steht, dem Gärtnerplatz. Der exakte Name lautet: Staatstheater am Gärtnerplatz. Der Name Gärtnerplatz ist nach Friedrich von Gärtner, dem Hofarchitekten König Ludwig I. von Bayern, benannt (allerdings wurde das Theater nicht von Gärtner erbaut, sondern von Franz Michael von Reifenstuel).
Theaterzettel: heute Programmheft
Erfrischungsraum: Foyer (Wortspiel, das Bad oder Toilette meint, die auch als Erfrischungsräume bezeichnet wurden)

Im Hutladen

Verkäufer (*im Herrenhutgeschäft*): – – Guten Tag – Sie wünschen?
Valentin: Einen Hut.
Verkäufer: Was soll das für ein Hut sein?
Valentin: Einen zum Aufsetzen.
Verkäufer: Ja, anziehen können Sie einen Hut niemals! Einen Hut muss man immer aufsetzen.
Valentin: Nein, immer nicht. In der Kirche zum Beispiel kann ich den Hut nicht aufsetzen.
Verkäufer: In der Kirche nicht – – aber Sie gehen doch nicht immer in die Kirche.
Valentin: Nein! Nur da und hie!
Verkäufer: Sie meinen: nur hie und da!
Valentin: Ich will einen Hut zum Auf- und Absetzen.
Verkäufer: Jeden Hut können Sie auf- und absetzen! Wollen Sie einen weichen oder einen steifen Hut?
Valentin: Nein – einen grauen!

Verkäufer: Nein! Ich meine, was für eine Fasson!

Valentin: Eine farblose Fasson!

Verkäufer: Sie meinen eine schicke Form – wir haben allerlei schicke Formen in allen Farben!

Valentin: In allen Farben? Dann hellgelb!

Verkäufer: Aber hellgelbe Herrenhüte gibt es nur im Karneval, einen hellgelben Herrenhut können Sie doch nicht tragen!

Valentin: Ich will ihn ja nicht tragen, sondern aufsetzen!

Verkäufer: Mit einem hellgelben Hut werden Sie ja ausgelacht!

Valentin: Aber Strohhüte sind doch hellgelb!

Verkäufer: Ach, Sie wollen einen Strohhut?

Valentin: Nein, ein Strohhut ist mir zu feuergefährlich!

Verkäufer: Asbesthüte gibt es leider noch nicht! – – Schöne weiche Filzhüte hätten wir.

Valentin: Die weichen Filzhüte haben den Nachteil, dass man sie nicht hört, wenn sie einem vom Kopf auf den Boden fallen.

Verkäufer: Na, dann müssen Sie sich einen Stahlhelm kaufen, den hört man fallen!

Valentin: Als Zivilist darf ich keinen Stahlhelm tragen!

Verkäufer: Nun – müssen Sie sich aber bald entschließen, was Sie für einen Hut wollen.

Valentin: Einen neuen Hut!

Verkäufer: Ja, wir haben nur neue.

Valentin: Ich will ja einen neuen.

Verkäufer: Ja, aber was für einen?

Valentin: Einen Herrenhut!

Verkäufer: Damenhüte führen wir nicht!

Valentin: Ich will auch keinen Damenhut!

Verkäufer: Sie sind sehr schwer zu bedienen, ich zeige Ihnen jetzt mehrere Hüte!

Valentin: Was heißt, mehrere, ich will doch nur einen, ich habe ja auch nur einen Kopf.

Verkäufer: Nein – zur Auswahl zeige ich Ihnen mehrere.

Valentin: Ich will keine Auswahl haben, sondern einen Hut, der mir passt!

Verkäufer: Natürlich muss ein Hut passen, wenn Sie mir Ihre Kopfweite sagen, dann werden wir schon einen passenden finden.

Valentin: Meine Kopfweite ist bei weitem nicht so weit, wie Sie denken! Ich habe Kopfweite Nr. 55 – will aber Hutnummer 60 haben.

Verkäufer: Dann ist Ihnen ja der Hut zu groß.

Valentin: Aber, er sitzt gut! Habe ich aber einen um 5 Minuten kleiner, der fällt mir runter.

Verkäufer: Das hat auch keinen Sinn, wenn man Kopfweite 55 hat, dann muss auch die Hutnummer 55 sein, das war schon von jeher so.

Valentin: Von jeher! – – Das ist ja eben das traurige, dass die Geschäftsleute an den alten Sitten und Gebräuchen hängen und nicht mit der Zeit gehen!

Verkäufer: Was hat denn die Hutweite mit der neuen Zeit zu tun?

Valentin: Erlauben Sie mir: Die Köpfe der Menschen bleiben doch nicht dieselben! Die ändern sich doch fortwährend!

Verkäufer: Innen – – aber außen doch nicht. Wir kommen da zu weit.

Valentin: Ja, Sie wollten doch die Weite wissen!

Verkäufer: Aber, doch nicht von der neuen Zeit, sondern von Ihrem Kopf!

Valentin: Ich habe Ihnen nur erklären wollen, dass die Menschen in der sogenannten früheren Zeit andere Köpfe hatten als heute.

Verkäufer: Das ist Quatsch – natürlich hat jeder Mensch, so lange die Welt besteht, seinen eigenen Kopf, aber wir reden doch nicht von der Eigenart, sondern von der Größe Ihres Kopfes – also lassen Sie sich von mir belehren, nehmen Sie diesen Hut hier Nr. 55, der Hut kostet 15 Mark, ist schön und gut und ist auch modern.

Valentin: Natürlich lasse ich mich von Ihnen belehren, denn Sie sind Fachmann – also der Hut ist modern, sagen Sie?

Verkäufer: Ja, was heißt heute modern! Es gibt heute Herren, sogenannte Sonderlinge, die laufen im Sommer und Winter, bei Schnee und Eis, ohne Hut im Freien herum und behaupten, das sei das Modernste.

Valentin: So – – keinen Hut tragen ist das Modernste? Ja, dann kauf ich mir keinen! Auf Wiedersehen!

Verfasst 1946; {4/212}

Im Jenseits

Ein Problem, das mich sehr interessiert, ist das Jenseits oder besser gesagt, ein Weiterleben nach dem Tode. Gedanken über das Jenseits kann man natürlich nur im Diesseits haben. Im Jenseits über das Diesseits nachzudenken ist schon zweifelhaft – vielleicht ausgeschlossen. Wenn der Mensch gestorben ist, ist er tot, – das ist sicher, also todsicher, wie man so sagt. Scheint es nur so, als wäre er tot, so ist er scheintot und kann in seltenen Fällen wieder lebendig werden und später nochmal sterben. Ist ein Mensch wirklich tot, so ist natürlich nur der Körper gemeint, denn die Seele lebt weiter, – aber diese ist unsichtbar, das ist wissenschaftlich einwandfrei bewiesen, da bei Röntgenaufnahmen, die alle inneren Organe des menschlichen Körpers zeigen, noch nie die Seele sichtbar gewesen ist. Die Seele flieht also unsichtbar aus dem menschlichen Körper. Aber wohin? Das wird die Seele schon selbst wissen. Ins Jenseits – und da entweder in den Himmel oder in die Hölle. Die Seele muss also allein wissen, wo sie hinflieht.

Nehmen wir z. B. an, die Seele des verstorbenen braven Bäckermeister Meier schwirrt ins Jenseits. Dem Herrn Meier ist seine liebe, unvergessliche Frau vor vielen Jahren im Tode schon vorausgegangen, befindet sich also schon im Jenseits. Im Diesseits heißt es aber wie bekannt: Im Jenseits gibt's ein Wiedersehen. Wie kann nun die im Jenseits angekommene unsichtbare Seele des verstorbenen Herrn Meier die ebenfalls unsichtbare Seele der schon im Jenseits umherfliegenden Frau wiedersehen? Nun, sei es wie es sei. Diese beiden wollten sich ja wiedersehen.

Wie ist es aber mit der Kehrseite? Hat einer eine böse Schwiegermutter, so ein Ehemann getraut sich ja gar nicht zu sterben, aus Angst vor einem Wiedersehen im Jenseits. Sein einziger Trost ist vielleicht der, dass die böse Schwiegermutter nicht in den Himmel kommt, sondern in die Hölle. Überhaupt, wenn man mit all denen, die man im Diesseits schon nicht riechen kann, im Jenseits wieder zusammenkommen sollte, ist das allein schon ein schrecklicher Gedanke. Man denke an große Persönlichkeiten, so z. B. an Karl den Großen mit Napoleon – die Päpste mit Dr. Martin Luther usw. oder an die Kollegen im Berufsleben. Besonders vom Theater! Droben im Jenseits gibt es keinen Hass und Neid, das hält doch die Seele eines Kollegen nie aus!

Nun machen sich aber viele Menschen wieder ein anderes Bild vom Jenseitshimmel. Die Engel! Wo kommen denn die her? Die sind doch nicht unsichtbar, die haben goldenes Lockenhaar, haben zwei große Flügel und sind nackend, wenigstens die kleineren, die Amoretteln. Die Engel waren aber doch früher auch einmal Menschen, deren Seelen ins Jenseits geflüchtet sind. Dort haben sie Flügel bekommen. Das wird aber nur die weiblichen Wesen betreffen vom ersten bis dreißigsten Lebensjahr. Ich könnte mir nämlich den oben benannten Herrn Bäckermeister Meier nicht so himmlisch vorstellen, wenn er nackend mit zwei großen Flügeln in den Wolken herumflattert – dann lieber unsichtbar! Die Meinungen gehen also hier sehr auseinander. Nun hat aber dieses angenommene Weiterleben nach dem Tode noch eine andere Seite. Auf Erden lebt der Mensch durchschnittlich 60 bis 70 Jahre. Das Leben ist aber mannigfaltig und bringt durch Arbeit, Freude, Sorgen und Leid usw. Abwechslung in die Bude. Wie ist das nun im Jenseits? Hier besteht keine Altersgrenze, sondern Ewigkeit. Also in Ewigkeit nur im Jenseits umherfliegen und als einzige Beschäftigung, wie uns aus der Bibel bekannt, nur Hosianna singen, das kann die ersten acht Tage ganz unterhaltlich sein, aber man denke sich das ewig – das muss unbedingt langweilig werden.

Nun steht wieder eine Frage offen: Werden die Seelen oder die Engel im Jenseits auch älter, so wie dies im Diesseits der Fall ist? Wenn ja, dann muss also der erste Mensch, der selige Adam, der 7000 Jahre alt geworden ist, der erste Mensch gewesen sein, der im Paradies bei der Eröffnung des Jenseits Zutritt hatte. Der erste Mensch, der im Jenseits angekommen ist, kann aber der Adam doch nicht gewesen sein, da ihm seinerzeit der heilige Petrus mit dem Himmelsschlüssel die Pforte zum Jenseits geöffnet hat. Demzufolge muss der Petrus schon vor dem Adam im Jenseits gewesen sein. Er war sozusagen der himmlische Hausmeister, der heute noch auf seinem Posten steht und keinen hineinlässt, der im Diesseits böse war. Und doch stimmt das auch nicht! Petrus lebte doch erst lange Zeit nach der Paradiesgeschichte als Apostel auf der Welt, wurde später heiliggesprochen, und nach seinem Tode kam er erst ins Jenseits. Der Adam kam also anscheinend ohne Kontrolle ins Jenseits, weil eben der Petrus noch gar nicht da war. Weiter nachgedacht, kann aber Petrus nicht als Seele allein die Welt verlassen haben, denn die unsichtbare Seele kann doch keinen Schlüssel in die Hand nehmen, und wo kommt denn der Schlüssel her? Im Gegensatz zu allen anderen Jenseitsbewohnern, die müßig umherfliegen, wird dem Petrus als einzigem nicht langweilig werden, denn viele Jahrtausende das Himmelstor auf- und zusperren ist ausreichende Beschäftigung.

Wenn Wissenschaftler befragt werden um obige Angelegenheit des Weiterlebens, so ändert sich die Sache wiederum. Diese behaupten nämlich, dass es schon seit vielen Millionen von Jahren Menschen gibt, die inzwischen längst gestorben sind und jetzt das Jenseits bevölkern. Wieviel unzählige Trillionen Seelen im Jenseits schon weiterleben, ist niemals zu bemessen. Dabei geht das immer so weiter in aller Ewigkeit oder wenigstens so lange, als die Welt besteht. Es ist ein ewiges Kommen und Gehen und Seligwerden – also ein Fortleben nach dem Tode. Aber warum sollen wir Menschen uns darüber den Kopf zerbrechen. Wir werden es niemals ergründen. Aber dass ein Mensch, der bereits das Diesseits verlassen hat, nicht nur im Jenseits, sondern auch im Diesseits und nicht nur seelisch, sondern genau wie er gelebt hat, weiterlebt, habe ich erst im Kino in einem älteren Film gesehen, in welchem ein vor Jahren verstorbener Filmschauspieler seine Rolle heute noch spielt. Es gibt also in unserer Gegenwart zwei Weiterleben nach dem Tode: Eines im Jenseits, und eines im – – Kino.

Verfasst etwa 1944; {1/147}

Im Schallplattenladen

Personen: Valentin, Verkäuferin, deren Mann

Valentin: Guten Tag! Ich krieg eine Schachtel Dritte Sorte.

Verkäufer: Ja, bei uns gibt es keine Zigaretten zu verkaufen.

Valentin: Was gibt's denn dann?

Verkäufer: Bei uns gibt es nur Schallplatten und Grammophone.

Valentin: So? Dann geben S' mir halt ein Grammophon!

Verkäuferin: Nun, dann schauen S' Ihnen das da mal an, das ist ein sehr schöner Apparat.

Valentin: Aber der ist ja kaputt, der hat ja ein Loch! (*Deutet auf die Schallöffnung.*) Und dann möcht ich einen, der da vorne einen Reißverschluss hat.

Verkäuferin: Einen Reißverschluss gibt es doch an einem Apparat nicht!

Valentin: So ein Apparat ist aber recht unpraktisch. Wenn man da den Finger hintut und der Deckel fällt zu, dann kann man sich leicht einzwicken.

Verkäuferin: Ja, da muss man halt Obacht geben.

Valentin: Wenn man aber nicht Obacht gibt? Und dann sticht man sich auch sehr leicht an dem Stachel da! Hätten S' nicht einen solchen mit einem Trichter?

Verkäufer: Nein, mit Trichter gibt es keinen Apparat mehr. Die sind ja unmodern.

Valentin: Aber grad so einen möcht ich haben.

Verkäuferin: Ja warum denn?

Valentin: Wissen S', ich hab nämlich noch eine ganze Flasche Sidol zu Haus und die möcht ich aufbrauchen.

Verkäuferin: Nun, da werden Sie doch einen anderen Zweck dafür finden.

Valentin: Ja freilich, ich hab so Schnallen zu Haus.

Verkäufer: Wie meinen Sie? Was für Schnallen?

Valentin: So Türschnallen halt!

Verkäufer: Ach so!

Verkäuferin: Also, wie steht es mit dem Gramola da? Der wäre sehr billig und gar nicht teuer.

Valentin: Also unteuer! Was kostet denn der?

Verkäufer: Wir könnten Ihnen den Apparat sehr preiswert überlassen. Ich mache Ihnen ein günstiges Angebot. Sie bekommen den Apparat zum Preis von 85,-- Mark. Also sehr billig! Und dabei verdienen wir hier an diesem Apparat nur 5,-- Mark, denn der kostet uns selbst im Einkaufspreis 80,-- Mark.

Verkäuferin: Du, Josef! Der Apparat hat uns aber nur 30,-- Mark gekostet.

Verkäufer: Aber nein! Der doch nicht!

Verkäuferin: Du irrst dich, der hat uns nur 30,-- Mark gekostet.

Verkäufer: Nein, wenn ich dir sage, der hat uns immer schon 80,-- Mark gekostet (*stößt sie mit dem Fuß*).

Verkäuferin: Warum stößt du mich denn?

Valentin: Die harmonieren auch nicht zusammen.

Verkäufer: Weil der immer schon 80,-- Mark gekostet hat.

Valentin: Natürlich, Frau, sonst müsst er doch 55,-- Mark daran verdienen. Sagen S' mal, haben Sie den Apparat nicht mit Dampfbetrieb.

Verkäuferin: Mit Dampfbetrieb gibt es keinen, aber mit elektrischem Betrieb, z. B. der hier, das ist ein ganz moderner Apparat mit Lautverstärker.

Valentin: Was kostet denn der?

Verkäuferin: Ja der ist eminent teuer.

Valentin: Der ist mir auch zu eminent teuer.

Verkäufer: Wissen Sie denn, was der Apparat kostet?

Valentin: Nein!

Verkäuferin: Der kostet 500 Mark.

Valentin: Mit der Nadel?

Verkäuferin: Wollen Sie sich mal das Reisegramola ansehen? Das wäre sehr billig, das kostet nur 20,-- Mark.

Valentin: Mit Reise?

Verkäuferin: Nein, natürlich ohne Reise.

Valentin: Aber ich reise ja fast selten nie, ich bin noch ganz selten gerissen.

Verkäuferin: Sie können ja den Apparat zu Hause auch spielen lassen.

Valentin: Geht der zu Hause auch?

Verkäuferin: Natürlich!

Valentin: Und auf der Reise?

Verkäuferin: Und auf der Reise!

Valentin: Zu gleicher Zeit?

Verkäuferin: Nein, entweder zu Hause oder auf der Reise.

Valentin: Ah, dann ist das ja ein Entweder-Apparat. Sagen S' amal, kann man den Apparat auf der Straßenbahn auch spielen lassen?

Verkäuferin: Aber auf der Straßenbahn wäre doch die Strecke zu kurz.

Valentin: Auf der Ringlinie?

Verkäuferin: In der Straßenbahn spielt doch kein Mensch Gramola.

Valentin: Na also, dann werde ich mich zu einem von den drei beiden entschließen.

Verkäuferin: Und dann machen wir auch Reparaturen.

Valentin: Bevor man schon einen kauft? Das muss ja ein gutes Fabrikat sein.

Verkäuferin: Nein, falls mal irgendwie Bedarf wäre an Reparaturen.

Valentin: Ja, Sie, ich habe einen bekannten Freund, der hat auch so einen Apparat und der gibt jetzt immer so unreinliche Töne. Wissen S', der wohnt schon drei Jahre im Waschhaus und da ist's so feucht und da ist ihm der Zacken da eingerostet.

Verkäuferin: Die Nadel? Ja, und was soll man da machen?

Valentin: Ja, da hat er gemeint, ob man die Nadel da nicht spitzig machen könnt.

Verkäuferin: Nein, das geht nicht. Da soll sich halt Ihr Freund ein Schächterl neue Nadeln kaufen.

Valentin: Ja, das hab ich ihm auch gesagt.

Verkäuferin: Und dann hätten wir noch sehr schöne Sachen in Schallplatten.

Valentin: Die wären mir eigentlich viel lieber als ein Grammophon.

Verkäuferin: Was sollen das dann für Platten sein?

Valentin: So runde dunkelschwarze Platten.

Verkäuferin: Ja, ich meine, wollen Sie Schallplatten mit Musik oder Gesang?

Valentin: Nein, nur mit Schall, mit billigem Schall.

Verkäuferin: Gut, wir werden Ihnen mal was vorspielen.

Valentin: Ja, sind S' so frei!

Verkäufer (bringt eine Platte): So, sehen Sie, da ist zum Beispiel ein sehr schöner Marsch.

Valentin: M – – – arsch (*wiederholt das öfter*).

Verkäufer (*lässt den Marsch spielen*).

Valentin (*pfeift dazu, nachdem die Nadel abgesetzt ist*): Ich pfeif auf jede Platten.

Verkäufer: Also, was sagen S' dazu, die ist doch schön?

Valentin: Ja, das schon, aber das war doch nicht Caruso?

Verkäuferin: Ja, Sie wollen Caruso hören?

Valentin: So !!! ???

Verkäufer: Wollen Sie denn eine Platte hören von Caruso? Das können Sie natürlich auch (*legt eine Caruso-Platte auf*).

Valentin (*hört zu, bis zum Lachen des Bajazzo, bevor die Nadel abgesetzt wird*): Jetzt lacht er, jetzt freut er sich selber, weil er hinaufgekommen ist.

Verkäuferin: Was sagen Sie jetzt?

Valentin: Ja, die Caruso-Platten sind schön, aber man kann doch auf diese Platte nicht tanzen.

Verkäuferin: Auf eine Caruso-Platte tanzt auch kein Mensch.

Valentin: Nicht auf der Platte, ich mein halt so, so nach der Platte.

Verkäuferin: Ach, Sie wollen eine Tanzplatte haben?

Valentin: Mit Schall!

Verkäufer: Ach, ich verstehe Sie schon, Sie wollen eine Schallplatte hören, nach der man tanzen kann.

Valentin: Ja!

Verkäufer (*legt einen Ländler auf*).

Valentin (*bevor die Musik schon spielt*): Ja, der ist recht. (*Hört einige Takte an.*) So etwas mein ich, das ist die Richtige! Was kostet die?

Verkäuferin: 1,50 Mark das Stück.

Valentin: Ist mir zu teuer, die Hälfte wäre halt recht.

Verkäuferin: Ja auseinanderschneiden kann ich Ihnen die Platte nicht.

Valentin: Nicht von der Platte die Hälfte, vom Preis meine ich.

Verkäuferin: Wir haben schon billigere Platten, wenn ich nur wüsste, was Sie wollen?

Valentin: Sagen S' einmal, haben Sie die Platte von der Freiwilligen Sanitätskolonne, das »Sanitätslos« oder so ähnlich?

Verkäufer: Wie meinen Sie, das Sanitätslos?

Valentin: Ja, das Sanitätslos!

Verkäufer (*sieht im Katalog nach*): Wie soll das heißen? Das Sanitätslos?

Valentin: Nein, das Sanitätslos – allein.

Verkäufer: Das Sanitätslos allein?

Valentin: Ohne allein.

Verkäufer: Nur »Das Sanitätslos«?

Valentin: Ohne das!

Verkäufer: Nur Sanitätslos?

Valentin: Ohne Nur!

Verkäufer: Also Sanitätslos!

Valentin: Ohne Nur und ohne also.

Verkäufer: Sanitätslos!

Valentin: Ja!! – Die mein ich!

Verkäufer: Nein, eine solche Platte gibt es nicht.

Valentin: Doch, ich weiß ja genau.

Verkäuferin: Vielleicht wollen S' einmal die Melodie pfeifen oder singen?

Valentin: Der Refrain geht so (*singt die letzte Strophe von Seemannslos*).

Verkäuferin: Ach, Sie meinen ja »Seemannslos«.

Valentin: Ja, stimmt »Seemannslos« heißt's, ja, so heißt's.

Verkäufer: Die haben wir natürlich auf Lager, die können Sie haben (*bringt dieselbe herein und gibt sie der Verkäuferin, diese hält Valentin die Platte hin, Valentin schlägt sie mit dem Stocke entzwei*).

Verkäuferin: Um Gotteswillen, was machen Sie denn da?

Valentin: Die will ich nicht haben. Die Platte spielt meine Hausfrau seit Jahren jeden Tag, zum Hals wächst mir die Platte raus, Hemmungen hab ich bekommen, dem Irrsinn war ich schon nahe. Diese Platte rotte ich aus, die kauf ich überall auf, Rottiwürfel mach ich daraus.

Verkäuferin: Aber beruhigen Sie sich doch. Nehmen Sie doch Platz!

Verkäufer: Aber Sie brauchen diese Platte doch nicht zusammenschlagen.

Valentin (*hat sich gesetzt*): Sie, sagen Sie mal, wo ist denn jetzt eigentlich die Lehne?

Verkäuferin: Wie meinen Sie? Was für eine Lehne? Bei uns war noch nie eine Lehne! Vielleicht in unserem Hauptgeschäft, bei Häring, ich glaube, da ist eine Lehne, so ein großes schwarzes Fräulein?

Valentin: *Die* Lehne mein ich!

Verkäuferin: Ach, die Stuhllehne!

Valentin: Der Stuhl ist hier, und die Lehne ist im Hauptgeschäft! Haben Sie vielleicht diese Himbeer-, Heidelbeer-, Brombeer-, Preiselbeer-Platten?

Verkäufer (*wiederholt*) Himbeer-, Heidelbeer-, Brombeer-, Preiselbeer-Platten? Nein, die gibt es nicht!

Valentin: Halt! Meyerbeerplatten meine ich.

Verkäuferin: Nein, die haben wir zurzeit nicht mehr, die sind ausgegangen.

Valentin: Wohin?

Verkäuferin: Kommen Sie mal hier an den Tisch, dann zeig ich Ihnen noch verschiedene Platten.

Valentin: Gestorbene Platten?

Verkäuferin: Sehen Sie mal hier, da hab ich was für Sie. Das sind biegsame Platten in allen Farben. Da hole ich Ihnen noch welche (*geht ab*).

Valentin (*allein*): Ja was es net alles gibt, biegsame Grammophonplatten. So ein Glump erfinden s', aber fürn Katarrh haben s' heut noch nix! (*Vergleicht die Wachsplatten auf Biegsamkeit, bricht einige Platten, bis die Verkäuferin entsetzt auf die Bühne kommt.*)

Verkäuferin: Ja, was machen S' denn da? Sie haben mir da drei Platten zerbrochen?

Valentin: Vier!!!!

Verkäuferin: Aber die sind doch nicht biegsam, das müssen Sie doch sofort bemerkt haben.

Valentin: Sofort!!

Verkäuferin: Aber das geht doch nicht! Kommen Sie mal da rüber, dann zeig ich Ihnen was anders (*nimmt eine Platte, legt sie auf den Hocker auf dem Valentin gesessen ist, führt ihn an den Tisch rechts*). Sehen Sie, das hier, das sind Kristallplatten!

Valentin: Um Gotteswillen! Die sind ja noch empfindlicher (*geht zurück zum Hocker und setzt sich auf die dort liegende Schallplatte, welche hörbar zerbricht*).

Verkäuferin: Um Gotteswillen, jetzt haben Sie mir schon wieder eine Platte zerschlagen.

Valentin: Was heißt »zerschlagen«. Zersetzt hab ich sie! – Sie, sagen Sie mal, früher hat es doch auch so kleine Platten gegeben, ach, da haben Sie s' ja (*nimmt die kleinen Platten in die Hand*). Was kostet denn da das Pfund?

Verkäuferin: Die gehen nicht pfundweise, da kostet das Stück – – –.

Valentin (*hat sich mit dem Stock auf den Ladentisch gelehnt*).

Verkäuferin (*sieht das*): Aber ich bitt Sie, nehmen Sie doch den Stock da weg (*schlägt Valentin den Stock vom Ladentisch, Valentin fällt neuerdings auf eine Schallplatte, die wieder kaputtgeht*).

So – jetzt ist schon wieder eine Platte kaputt!

Valentin: Der saudumme Stock (*nimmt den Stock auf und wirft ihn hinter die Bühne, Fensterscheibengeklirr deutet an, dass die große Auslagenscheibe zerschlagen ist*).

Verkäuferin (*eilt hinaus, holt den Stock, Verkäufer kommt mit herein*): Um Gotteswillen, Josef, schau nur, was der gemacht hat. Ja schauen S' nur grad. Jetzt haben Sie uns die Auslagenscheibe auch noch zusammengeschlagen!

Valentin: Wie wär's mit einer biegsamen Auslagscheibe?

Verkäufer: Aber das geht nun doch zu weit. Was wollen Sie denn eigentlich hier im Laden?

Valentin: Ein Grammophon kaufen!

Verkäufer: Also, was ist dann mit dem hier?

Valentin: Das ist doch der, bei dem Sie nur 5 Mark verdienen, das will ich nicht.

Verkäufer: Und mit dem da, wie steht's da (*zeigt aufs Reisegramola*)?

Valentin: Ja, ich reise ja nie!

Verkäufer: Ja was wollen S' denn dann? (*Wird wütend.*)

Valentin: Wieso dann? Haben Sie Kaufzwang?

Verkäufer: Was heißt hier Kaufzwang?

Valentin: Ich kann mir doch in einem Laden ein Grammophon ansehen und kann es erst zu Weihnachten kaufen. Das kann ich doch machen, wie ich will!

Verkäufer: Ja, das können Sie. Aber Sie haben kein Recht, mir einen derartigen Schaden zuzufügen, haben Sie mich verstanden?

Valentin: Das ist vergessen! Und übrigens, heute ist die Zeit nicht mehr, dass man in einen Laden hineingeht und kauft sich ganz einfach ein Grammophon, heute kommt zuerst die Magenfrage!

Verkäuferin: Dann hätten Sie in einen Wurstladen gehen müssen!

Valentin: Das kann Ihnen wurst sein!

Verkäufer: Nein, das ist nicht der Fall. Wo kämen wir denn hin, wenn wir lauter Kunden hätten, die uns einen derartigen Schaden anrichten?

Valentin: Dann gingen S' zu Grund!

Verkäufer: Na also! Wie steht's jetzt, was wollen S' nun hier im Laden?

Valentin: Ja, wie gesagt, das liebe Geld halt. Was kostet eine Schallplatte?

Verkäufer: 3 Mark!

Valentin: Ja schaun S', um 3 Mark, da krieg ich schon einen Hut! Und was kosten Grammophonnadeln?

Verkäuferin (*zeigt ihm verschiedene Arten von Nadeln*): So ein Schachterl kostet halt 60 Pfennig.

Valentin: Eine Nadel bräuchte ich eigentlich nur. Geben Sie s' nicht stückweise her?

Verkäufer: Nein, das geht dann doch schon nicht, das wären nette Geschäfte!

Valentin: Also so ein Schächterl kostet 60 Pfennig. Und der (*deutet auf das große Grammophon mit Lautverstärker*), das kostet 500 Mark?

Verkäufer: Ja!!

Valentin (*sieht am Tisch Kataloge, nimmt einen und fragt*): Sie, was kostet denn so ein Katalog?

Verkäuferin: Der kostet nichts!

Valentin: Wie, der kostet nichts?

Verkäufer: Nein! Den bekommen Sie gratis, umsonst!

Valentin: Umsonst? So? Dann nehm ich einen Katalog! (*Geht ab*)

Verkäufer (*ihm nachgehend, während Vorhang fällt*): Da hört sich doch alles auf!

Verfasst 1933; {3/56}

Karl Valentins Olympia-Besuch 1936

»Hier sitz ich alleine und spähe umher
und lausche hinauf und hernieder«,
so heißt es in dem alten Lied: »An der Weser«.

So ähnlich erging es mir, als ich allein im Olympia-Stadion saß. – Wie kam es, fragte ich mich selbst, dass ich zur Olympiade zu spät kam?? – Ich blieb mir die Antwort nicht schuldig: »Ihr Leichtsinn ist daran schuld!« erscholl es von meinen Lippen. (Ihr bedeutet ich selbst.) Denn aus Eigentrotz sage ich selbst zu mir nicht »Du«, sondern »Sie«, weil man da vor sich selber viel mehr Respekt hat, als mit der Duzerei. – Nur einen Tag zu spät und dennoch zu spät! – O Herr, bewahre mich bei der nächsten Olympiade 1940 vor solchen Etwaigitäten. – Trotzdem ich mich setzte, war es doch entsetzlich, als ich allein dasaß, in einer Hand die verfallene Eintrittskarte, die andere Hand in meiner eigenen Hosentasche. – Um mich herum saß nirgends niemand – das große Schweigen ringsumher war still und lautlos. – Meine einzige Unterhaltung war das »Warten«. Zuerst wartete ich langsam, dann immer schneller und schneller, kein Anfang der Olympischen Spiele ließ sich erblicken, – da endlich von mir ein schriller Blick, und meine Augen starrten hinunter zu dem Eingang bei der Kampffläche. – Ich sahte einen kleinen Jemand, der Jemand scheinte mich zu suchen, was diesem auf den ersten Blick gelang. Unsere Pupillen kreuzten sich in der Mitte unserer Entfernung. Ich saß, – sie kam – nur sie allein, die kleine Liesl Karlstadt, klärte mich darüber auf, dass gestern der letzte olympische Tag gewesen ist. – »Ist das schade!« schrie ich teilnahmserregt in den blauen Äther hinaus – ich schnellte langsam von meinem Sitz empor, flugs verließen wir die Stätte des großen »Gewesenseins«. Freudezerknittert traten wir per Verkehrsmittel die Heimfahrt an in die Stammkneipe am Kurfürstendamm. – Wir Sachsen haben in Berlin einen eigenen Stammtisch, dort kommen täglich alle Münchener zusammen, und da wird erzählt, von diesem und jenem, von jenem weniger, dafür öfter von diesem. Ich konnte leider heute zu meinem Bedauern nichts von den Olympischen Spielen erzählen, da ich ja nichts gesehen hatte, – und alle lauschten umsonst.

Verfasst 1936; {1/138}

Kragenknopf und Uhrenzeiger

Ich habe mich ja schon furchtbar geärgert! Heute nicht, nein jahrelang schon. Nicht, dass Sie glauben wegen Familienangelegenheiten – nein – nur über meinen Kragenknopf. Sehen Sie, man muss ihn ja haben, den Kragenknopf, man ist ja direkt auf ihn angewiesen, auf den Kragenknopf. Wenn man bedenkt, was an einem Kragenknopf alles dranhängt: der Kragen, die Hemdbrust, die Krawatte usw.

Bitte, stellen Sie sich einmal einen feinen Herrn ohne Kragenknopf vor, wie der daherkommt. Was nützt da ein feiner Zylinder, wenn man keinen Kragenknopf hat? Rutscht ja alles herunter!

Den einzigen Menschen, den ich mir ohne Kragenknopf vorstellen kann, das ist ein Matrose, aber es kann doch nicht jeder Matrose sein, da müsste ja jeder Mensch ein Schiff haben und außerdem hat nicht jeder Matrose ein Schiff! Dasselbe ist's mit dem Kaffee.

Stellen Sie sich mal einen Kaffee ohne Tasse vor! Man kann ihn doch nicht aus der Kaffeemühle trinken! Oder – einen

Tisch ohne Füße – da braucht man ja überhaupt keinen Tisch, da kann man sich ja gleich auf den Boden setzen.

Dasselbe ist's mit einer Uhr ohne Zeiger.

Schauen Sie, ich lauf z. Zt. schon jahrelang herum mit einer Uhr ohne Zeiger; die hat doch gar keinen Wert! Eine Uhr ist sie natürlich auch so – Sie werden doch nicht behaupten, dass es ein Papagei ist? Ich könnte sie zum Uhrmacher geben, aber in dem Moment, wo ich sie zum Uhrmacher gebe, hab ich gar keine, also ist's doch gescheiter, wenn ich wenigstens die hab, wenn sie auch nicht geht; das weiß ich ja sowieso – sie kann ja auch nicht gehen ohne Zeiger. Das heißt, gehen kann sie schon – innen – aber sie zeigt es nicht an, drum hat auch die ganze Uhr keinen Wert. Ich trage ja die Uhr nur wegen der Kette, was will man denn sonst mit einer Uhrkette anfangen, das sagt ja schon das Wort: Uhrkette! Das ist doch selbstverständlich, dass da eine Uhr dran sein muss, ich kann doch keinen Hund hinhängen! Dann wär's ja eine Hundekette. Und wer wird einen Hund in die Westentasche hineinschieben? Niemand. Ich halte ja eine Uhr für überflüssig. Sehen Sie, ich wohne ganz nah beim Rathaus. Jeden Morgen, wenn ich ins Geschäft gehe, da schau ich auf die Rathausuhr hinauf, wieviel Uhr es ist, und da merke ich mir's gleich für den ganzen Tag und nütze meine Uhr nicht so ab!

Die heutigen Uhren gehen noch eher, aber früher war's fad mit den Sonnenuhren. Keine Sonne – Keine Uhr! Da ist mir ja die meinige ohne Zeiger lieber, da ist man doch wenigstens nicht auf die Sonnen angewiesen, bloß auf die Zeiger, und Zeiger kann man schließlich machen lassen, wenn man sie braucht.

Das wäre ja traurig, wenn man nicht ohne Uhren leben könnte! Der Uhrmacher, ja, der kann nicht ohne Uhren leben, bei dem ist's Geschäftssache. Glauben Sie, dass ein Uhrmacher, wenn er wissen will, wie spät es ist, auf alle tausend Uhren hinschaut, die er in seinem Laden hängen hat? Er denkt nicht daran, er schaut nur auf eine, die anderen verkauft er an die Leute, die eine Uhr brauchen; einer der keine Uhr braucht, der kauft sich ja sowieso keine.

Aber wie gesagt, es hat keinen Zweck, dass ich die Uhr reparieren lasse: schließlich stiehlt sie mir noch einer, dann hat der eine gehende Uhr und ich bin jahrelang mit der kaputten rumgelaufen! Drum lass ich sie lieber so, wenn sie dann wirklich einer stiehlt, dann kann sich der damit ärgern!

Verfasst um 1920; {1/96}

Raubritter vor München

Historische Gaudi in 2 Akten

Ententraum*

[...]

Michl (*schaut ins Schilderhaus*): Ja, der schlaft wirklich der Bene. Du Bene, – Bene – he – ja gibt's denn dös a – (*klopft ans Häusl*).

Bene: Herein!

Michl: Was herein, was willst denn, hast du allein kein Platz in der Hundshüttn. Mach, geh raus (*zieht ihn heraus*).

Bene (*im Stehen weiterschlafend*): Wer da?

Michl: Ja, i bin da – sechs Uhr is!

Bene: Was – sechs Uhr is – i werd ja erst um sieben Uhr abglöst (*will wieder ins Schilderhaus*).

Michl: Ja, bleib nur da, sei froh, dass ich dich aufgweckt hab.

Bene: Ja, ich hab jetzt grad einen Traum ghabt, einen ganz exotischen Traum. Mir hat nämlich träumt, i bin a Entn gwesn und bin in an Weiher umeinandgschwommen, und wie ich so umeinandschwimm, seh ich am Rand draußen einen ganz langen, gelben Wurm, der war mindestens so gelb, i bin glei auf ihn hingschwommen, und grad wie i an Schnabel aufreißn will und will den Wurm fressn, im selben Moment hast du mich aufgweckt.

Michl: Das ist aber schad. Wenn ich da eine Ahnung ghabt hätt, dann hätt ich dir den Wurm zuerst fressen lassen, aber das kann ich doch net schmecken, dass du um sechs Uhr noch träumst.

Bene: Ja, und ich kann doch net zu dir sagn, weck mi net auf, weil i träum!

Michl: Nun ja, es ist ja gleich, ein schöner Traum war's doch net.

Bene: Ja für a Entn scho –

Michl: Ja für a Entn, aber du bist ja koa Entn!

Bene: Ja, aber im Traum war ich eine Entn; überhaupt für solche Träume bist du noch zjung.

Michl: Du darfst mir ja dankbar sein, dass ich dich aufgeweckt hab, denn wenn ich dir den Wurm fressn hätt lassen, dann wär dir jetzt höchstens recht schlecht.

Bene: Einer Entn wird doch net schlecht von einem Wurm, verstehst du denn das nicht. Das weiß überhaupt kein Mensch, ob eine Entn wirklich träumt, das weiß niemand, das wäre eine zoologische Berechnung und wann's einer Entn wirklich träumt, dann kann sie's nicht sagen, weil s' net reden kann! Bei einem Papagei wär das was anders, weil der reden kann.

Michl: Du musst Dir doch denken, das war doch nur ein Traum und Träume sind Schäume.

Bene: Das war kein Schaum, das war ein Wurm, und jetzt holst an Kaffee, da hast 15 Kreuzer, Pfennig hat's seinerzeit noch keine gebn, also oan Kaffee, oan für mi und oan für Di – und oan für uns zwoa – im ganzen fünf Kaffee.

Michl: Ja, soll i da mei Trommel mitnehmen oder soll ich s' da lassen?

Bene: Entweder du nimmst es mit, oder du lasst es da, keinen goldenen Mittelweg gibt's da net.

Michl: Soll ich s' na mitnehmen?

Bene: Ja –

Michl: Oder soll ich s' da lassen?

Bene: Dös is doch wurscht, jetzt nimmst as zerst mit und dann lasst as da.

Michl: Aaa, dann lass ich s' schon lieber glei da, dann brauch ich s' überhaupt nicht mitnehmen. (*Ab*)

Verfasst 1929; {5/96}

Entn: Ente
net schmecken: nicht wissen
oan: einen
zwoa: zwei

Semmelknödel

Karlstadt: Ja sag einmal, warum bist du denn heute Mittag nicht zum Essen gekommen? Zwei Stunden hab ich auf dich gewartet!

Valentin: Ja, ich hab da draußen gleich gegessen, wo ich zu tun ghabt hab, in der kleinen Wirtschaft und da isst man sehr gut, fast tadellos.

Karlstadt: No, so gut wie ich koche, wird's bestimmt nicht sein!

Valentin: Doch, doch!

Karlstadt: Aber jetzt ist es neun Uhr abends; wo warst du denn in der langen Zwischenzeit?

Valentin: Nirgends! Da hab ich auf das Mittagessen gewartet.

Karlstadt: Ja, ist Dir denn das nicht zu langweilig geworden?

Valentin: Nein. In der Zwischenzeit hab ich mit der Kassierin gesprochen.

Karlstadt: Was, neun Stunden warst du mit der Kassierin beisammen? Über was habt ihr denn da gesprochen?

Valentin: Ja über das, dass die Semmelnknödel so lange nicht kommen.

Karlstadt: So lang wartet doch kein vernünftiger Mensch auf das Mittagessen.

Valentin: Da war ich ja nicht vernünftig, ich war ja hungrig.

Karlstadt: Papperlapapp – wenn man das Essen um zwölf Uhr bestellt und in einer halben Stunde ist es noch nicht da, dann geht man einfach.

Valentin: Freilich, dann frisst's ein anderer für mich …

Karlstadt: Und ausgerechnet Semmelknödel hat er sich bestellt, wo doch ich heute auch Semmelknödel gemacht hab.

Valentin: Was, dieselben?

Karlstadt: Ach, dieselben! Unsinn! – Andere hab ich halt gemacht; aber Semmelknödel sind Semmelknödel!

Valentin: … deln!

Karlstadt: Was »deln«?

Valentin: Semmelnknödeln heißt's!

Karlstadt: Ich hab ja gsagt: Semmelknödel.

Valentin: Nein: Semmelnknödeln!

Karlstadt: Nein, man sagt schon von jeher: Semmelknödel.

Valentin: Ja, zu einem – aber zu mehreren Semmelknödel sagt man: Semmelnknödeln.

Karlstadt: Aber wie tät man denn zu einem Dutzend Semmelknödel sagen?

Valentin: Auch Semmelnknödeln. – Semmel ist die Einzahl, das musst Dir merken, und Semmeln ist die Mehrzahl, das sind also mehrere einzelne zusammen. Die Semmelnknödeln werden aus Semmeln gemacht, also aus mehreren Semmeln; du kannst nie aus einer Semmel Semmelnknödeln machen.

Karlstadt: Machen kann man's schon.

Valentin: Ja, ja, machen schon; aber wenn du aus einer Semmel zehn Semmelnknödeln machen tätst, dann würden die Semmelnknödeln so klein wie Mottenkugeln. Dann würde das Wort Semmelknödel schon stimmen, weil s' bloß aus einer Semmel sind. Aber solang die Semmelnknödeln aus mehreren Semmeln gemacht werden, sagt man unerbitterlich: Semmelnknödeln!

Karlstadt: Du sagst es aber auch nicht richtig; jetzt hast grad gsagt: Semmelnknödeln.

Valentin: Nein, ich hab gsagt: Semmelnknödeln.

Karlstadt: Richtig muss es eigentlich *Semmel*knödeln heißen; die Semmel muss man betonen, weil die Knödel aus Semmeln gemacht sind – – – überhaupt, das Wichtigste ist der Knödel; Semmeln*knödeln* müsst es ursprünglich heißen!

Valentin: Nein, das Wichtigste ist das n zwischen Semmel und Knödeln.

Karlstadt: Ja, wie heißt es dann bei den Kartoffelknödeln?

Valentin: Dasselbe! n – ! Kartoffelnknödeln!

Karlstadt: Und bei den Schinkenknödeln? Ah – hahaha –

Valentin: Da ist's genauso; da ist das n schon zwischendrin. Es gibt keine Knödeln ohne n.

Karlstadt: Doch, die Leberknödeln!

Valentin: Ja, stimmt! – Lebernknödeln kann man nicht sagen!

Verfasst 1940; {4/72}

Sprachforscher

Ein Auszug

Wenn ein Mann seine Steuer bezahlt, ist er noch lange kein Steuermann […] Die Reichen reichen sich die Hände; die Armen reichen sich die Arme. […]

Der Dieb stiehlt. Warum diebt er nicht? Wenn er stiehlt, warum heißt er nicht Stiehler. Beide haben gestohlen, sie müssten Stohler heißen, oder er entwendet, dann ist er ein Entwender. […] Der Koch kocht, der Bäcker bäckt, der Schmied schmiedet. Wie ist das bei einem Dienstmann? Man kann doch nicht sagen der Dienstmann dienstmandelt, der Arzt arztelt, der Zimmermann zimmermandelt. […]

Ich saß im D-Zug im Zug, weil ein Fenster auf war.

Wenn jemand geht und zugleich fahrt, so ist das eine Gefahr.

Und wenn ich mich aufs Sofa lege, decke ich mich mit einer Decke zu, und nehme ich die Decke wieder weg, so habe ich mich selbst entdeckt.

Engagiert man für seinen Haushalt eine Zugeherin, so kann sie doch nicht ewig da bleiben, nach ihrer Arbeit geht sie wieder aus der Wohnung weg und ist dann eine Weggeherin.

Verfasst 1940; {4/74; 365}

Theater in der Vorstadt

Komödie in zwei Akten

Auf dem Postamt

[...]

Kapellmeister: [...] Übrigens fällt mir grade noch etwas ein. Gell, wenn Sie mich wieder einmal sehn auf der Straße, dann sind Sie auch so freundlich und grüßen Sie mich. Das gehört sich, das erfordert Ihr Anstand.

Musiker (*zu Valentin*): Warum, ham Sie ihn wo gsehn?

Valentin: Gestern auf der Post, da hat er sich angestellt.

Kapellmeister: Gell, Sie haben mich gesehn, warum haben Sie mich dann nicht gegrüßt?

Valentin: Weil Sie so weit hinten gestanden sind – ich kann doch nicht so hinter grüßen! Da warn viel Leut dort – Menschen, Publikum, Passanten, Volk – alles durcheinander –. Sie – der Frau, die vor Ihnen gestanden ist, ist das Handtäscherl gestohlen worden.

Kapellmeister: Ja, wie meinen Sie das? Ha? Sie bringen das ja fast so heraus, als ob ich der Frau das Handtäscherl gestohlen hätte.

Valentin: Ja, gewiss weiß ich's nicht.

Kapellmeister: Behaupten sollen Sie's auch noch! Das verbitte ich mir. Das kann schon sein, dass einer Frau eine Handtasche gestohlen worden ist, das war höchstens ein Taschendieb.

Valentin: Freilich kein Kellerdieb.

Kapellmeister: Die Frau hätte eben besser Obacht geben müssen auf ihr Täscherl, dann wär's ihr nicht gestohlen worden.

Valentin: Da war's aber schon zu spät, weil's da schon weg war.

Kapellmeister: Ja, hernach hat's freilich keinen Wert mehr, vorher hätte sie Obacht geben sollen.

Valentin: Vorher hat sie's doch nicht gewusst, dass 's ihr gestohlen wird.

Kapellmeister: Wenn sie Obacht gegeben hätte, wär's ihr doch nicht gestohlen worden, wenn sie immer aufs Täscherl geschaut hätte.

Valentin: Die Frau kann doch nicht immer auf ihr Täscherl Obacht geben.

Kapellmeister: Ach lassen S' mir meine Ruhe, was geht denn mich die Frau an, wenn die Frau so dumm ist, dass sie nicht einmal auf ihr Täscherl Obacht geben kann, dann soll sie zu Haus bleiben und nicht hingehn ans Postamt.

Valentin: Dann kriegt s' keine Briefmarken.

Kapellmeister: Ach was – ich mein doch so im Allgemeinen, wenn man sich in einem Gedränge befindet, dann muss man eben auf seine Sachen Obacht geben, dass einem nichts wegkommt.

Valentin: Ja, mir ist's auch einmal so gegangen beim Oktoberfest, da bin ich auch mitten im Gedränge gestanden, direkt bei der »Siebener Bahn«. (*Valentin macht mit der Hand eine Bewegung.*)

Kapellmeister: Was »Siebner Bahn«? Die heißt doch Achterbahn.

Valentin: Das weiß ich schon, da war s' ja noch nicht ganz fertig. Ja, da wär's mir auch bald so gegangen. Da bin ich an der Kasse ins Gedränge hineingekommen, und da hätten s' mir beinah meine schöne goldene Uhr gestohlen. Die schöne Uhr mit dem Hupfdeckel.

Kapellmeister: A – A – A – A – ! Da werden Sie aber erschrocken sein?

Valentin: Ja, das können Sie sich denken, – – – – Gut, dass ich s' daheim lassen hab an dem Tag.

Verfasst etwa 1928; {5/17}

Theater in der Vorstadt

Brille ohne Gläser *und* Der Zufall*

[...]

Kapellmeister [...]: So, da sind Ihre Noten, zählen Sie gut mit, und haun Sie ja nicht zu früh hinein, am Anfang haben Sie acht Takt Pause.

Valentin: Acht Tag???

Kapellmeister: Acht Takt hab ich gesagt – der möchte gleich acht Tag Pause machen. Übrigens, was seh ich denn da, Sie haben ja gar keine Gläser in Ihre Augengläser drin.

Valentin: Seit fünf Jahren schon nimmer – die sind mir einmal zerbrochen, weil ich draufgetreten bin – und seit der Zeit hab ich s' nicht mehr, weil ich s' da ganz heraus geschlagen hab.

Kapellmeister: Was setzen Sie dann das leere Gestell auf, das hat doch gar keinen Zweck?

Valentin: Besser ist's doch wie gar nichts.

Kapellmeister: Sie haben immer eine gute Ausrede –. So, jetzt fangen wir an.

Valentin: Hat's Ihnen der Anderl schon erzählt?

Kapellmeister: Warum, was will er denn noch?

Valentin: Nein, wir zwei haben gestern einen Zufall erlebt. Ich und er sind gestern in der Kaufingerstraße gegangen und haben von einem Radfahrer gesprochen, und im selben Moment, wo wir von dem Radfahrer gesprochen haben, ist einer dahergekommen, Zufall –.

Kapellmeister: Was, war das alles – das hab ich jetzt nicht verstanden.

Valentin: Wir sind in der Kaufingerstraße gegangen und haben von einem Radfahrer gesprochen und im selben Moment ist einer dahergekommen.

Kapellmeister: Ja, weiter, was war dann mit dem Radfahrer – was hat denn der getan?

Valentin: Nichts weiter, gefahren ist er – ich sag doch nur vom Zufall.

Kapellmeister: Aber das ist doch kein Zufall, wenn der sonst nichts getan hat – in der Kaufingerstraße ist das wirklich kein Zufall, wenn da ein Radfahrer kommt, da fahren doch im Tag ein paar tausend Radfahrer umeinander.

Valentin: Ach, tausend – – einer ist dahergekommen.

Kapellmeister: Auf einmal kommen freilich keine tausend Radfahrer daher, die kommen so nach und nach – alle Meter – alle Sekunden – jeden Moment kommt wieder ein anderer.

Valentin: Ja, aber nicht, wenn man davon redt – das ist der Zufall.

Kapellmeister: Das ist ganz egal, ob man da spricht oder nicht – in der Kaufingerstraße kommt immer wieder ein Radfahrer – das ist kein Zufall.

Valentin: Sie haben halt a eigene Weltanschauungen.

Kapellmeister: Da hätten Sie schon von ganz etwas anderem reden müssen, wenn das ein Zufall sein soll. Von was Seltenerem, von was Interessanterem. Ja, wenn Sie statt von diesem Radfahrer von einem Flieger gesprochen hätten, das wär was anderes.

Valentin: Ham wir nicht, wir haben nur von einem Radfahrer gesprochen.

Kapellmeister: Das weiß ich schon, ich meine, wenn Sie von einem Flieger gesprochen hätten, und im selben Moment wär da oben einer dahergekommen, dann wär's eher ein Zufall gewesen.

Valentin: Naufgeschaut ham doch wir nicht, wir sind bloß so dahingangen.

Kapellmeister: Aber ich mein doch nur so zum Beispiel –, wenn Sie statt von einem Radfahrer von einem Flieger gesprochen hätten!

Valentin: Wieso???? Wie kann ich von einem Flieger sprechen, wenn ich von einem Radfahrer spreche?

Kapellmeister: Ich mein doch nur – genauso gut, wie Sie von diesem Radfahrer gesprochen haben, genauso gut hätten Sie doch auch von einem Flieger sprechen können.

Valentin: Ausgeschlossen?!

Kapellmeister: Ja, haben Sie noch nie in Ihrem Leben von einem Flieger gesprochen?

Valentin: Schon oft, aber da nicht, da ham wir nur von einem Radfahrer gredt.

Kapellmeister: Ach, meinetwegen reden Sie, von was Sie wolln – erzähln S' mir nichts mehr, dann brauch ich mich nicht mehr zu ärgern.

Valentin: Also morgen gehn wir wieder spazieren, dann reden wir von einem Flieger. Aber – wehe –, wenn dann ein Radfahrer daherkommt.

(Ouvertüre wird gespielt – beim letzten Paukenschlag »Vorhang«.)

Verfasst etwa 1928; {5/35}

Valentin fährt Straßenbahn

Schaffner I: Hat alles Fahrscheine?

Valentin: Nein, ich will mir erst einen kaufen.

Schaffner I: Was heißt kaufen, ob S' einen Fahrschein wollen?

Valentin: Freilich will ich einen, sonst wär ich ja net in d'Trambahn eingstiegn, wenn ich keinen Fahrschein wollte; dann steig ich in ein Autotaxi, da braucht man Gott sei Dank noch keinen Fahrschein, das wird schon auch noch kommen!

Schaffner I: Ja, wo wollen S' denn hinfahrn?

Valentin: Wo fahren Sie denn überall hin?

Schaffner I: Wir fahren am Bahnhof.

Valentin: Am Bahnhof? Auf was für einen Bahnhof? Es gibt ja mehrere Bahnhöfe in unserer Stadt.

Schaffner I: Ja, wir fahren mit unserer Linie am Bahnhof vorbei.

Valentin: Vorbei? Ja, ich will ja nicht vorbeifahren, ich will ja *zum* Bahnhof fahren.

Schaffner I: Dann müssen S' halt am Bahnhof aussteigen!

Valentin: Wann?

Schaffner I: Na ja, wann ma halt draußen sind.

Valentin: Wo?

Schaffner I: Am Bahnhof. Und jetzt sagn S' mir endlich, auf was für einen Bahnhof Sie eigentlich wollen!

Valentin: Ja, was für einen Bahnhof könnten Sie mir denn empfehlen?

Schaffner I: Ich hab Ihnen doch gsagt, mir fahrn am Ostbahnhof.

Valentin: Dann gebn S' mir lieber ein Billett in Zirkus!

Schaffner I: In Zirkus? – Da müssen S' ja entgegengesetzt fahren mit der 19er-Linie.

Valentin: Wann muss ich da aussteigen?

Schaffner I: Sofort! – In die Linie 19.

Valentin: Danke! (*Steigt aus und in die Linie 19 um.*)

Schaffner II (*läutet ab*): Der Wagen ist besetzt; im hintern ist noch genügend Platz.

Valentin: Bitte drücken Sie sich nicht so zweideutig aus. Sie können genauso gut sagen: im hintern Wagen ist noch genügend Platz, dann gibt es kein Missverständnis.

Schaffner II: Wohin?

Valentin: Ein Billett in Zirkus!

Schaffner II: Ich hab keine Zirkusbilletten – nur Straßenbahn-Billetten.

Valentin: Ein Billett *zum* Zirkus!

Schaffner II: Das hätten S' doch gleich sagen können! – Im Übrigen ist das Rauchen hier im vorderen Wagen verboten, deshalb habe ich ja zu Ihnen gsagt, im hintern Wagen ist noch Platz, da können S' auch rauchen!

Valentin: Nein! Sie haben im Hintern allein gsagt!

Schaffner II: Mit 'm Hintern hab ich doch den Wagen gmeint!

Valentin: Ob ich in den hintern hineinsteige oder in den vorderen, das kann Ihnen gleich bleiben!

Schaffner II: Wenn S' nicht rauchen, können S' von mir aus im vordern Wagen sein oder im hintern, und jetzt lassen S' mir amal mei Ruah mit Ihrem Hintern!

Dame: Der Herr hat ganz recht, wenn er sich über Ihre kurze Zurechtweisung aufregt, denn es ist doch keine große Zeitvergeudung, wenn Sie sagen: im hintern Wagen!

Schaffner II: Jessas Maria, jetzt fangt sie aa no o mit'm Hintern! Mei Ruah möcht i jetzt bald! – Hat alles Fahrscheine?

Zweite Dame: Bahnhof!

Schaffner II: Der Schein is ja schon abgrissen!

Zweite Dame: Ja, i bin zuerst im hintern gsessen!

Schaffner II: So san S' gsessen? Am Hintern?
Zweite Dame: Nein! Im Hintern!
Schaffner II: Im hintern *Wagen* meinen Sie, sonst könnt i ja meinen, am Hintern sind S' gsessen!
Zweite Dame: Na, i bin im hintern gsessen und mei Tochter im vordern, drum bin i vom hintern raus und in vordern nei.
Valentin: Sehn S', Herr Schaffner, jetzt sehn S' doch selber ein, dass man *nie* vom Hintern allein reden soll!

Verfasst etwa 1943; {3/125}

»Hoffentlich wird es nicht so schlimm, wie es schon ist«

Briefe, Katastrophen, Merkwürdigkeiten

Antwort auf eine Bitte um Theaterfreikarten

Ich finde es furchtbar lustig, dass Sie von mir als Komiker im Kolosseum Freikarten für das Deutsche Theater verlangen. Es ist dies ungefähr so, als wenn Sie zu einer Schneiderin gehen und zu dieser sagen: Könnten Sie mir eine Schneiderin empfehlen, bei der ich mir ein Kostüm machen lassen kann, auf Ihre Arbeit bin ich nicht scharf. Ich bin über Ihre Zumutung sehr gekränkt, fühle mich zurückgesetzt und habe über diesen Vorfall bereits 8 ½ Tränen geweint. Anbei sende ich Ihnen zwei Steuerkarten à 40 Pfennig, leider nur ins Kolosseum. Wir haben auch leider kein »Weißes Rössl«, dafür drei braune Bären. Sollte aber Ihre Lieblingsfarbe weiß sein, so wären wir gerne bereit, die drei Bären an diesem Abend »weiß« färben zu lassen.

Verfasst 1938; {6/130}

Bahnhofszene

(*Nach Abfahrt des Zuges. Portier steht allein auf der Bühne und putzt sich sie Brille.*)

Frau (*kommt schwitzend, atemlos mit vielen Koffern gelaufen*): Bitt schön, sagen S' mir schnell, ich hab höchste Zeit, wo muss ich einsteign nach Italien?

Portier: Grad is er weggefahrn.

Frau: Jess Marand Josef!!!

Portier: Wären S' drei Minuten früher komma, hätten S' ihn noch erwischt.

Frau: So, dann geh ich nochmal heim und komm drei Minuten früher.

Portier: Dann komma S' ja noch später.

Frau: Naa, sagn S', warum ist denn der Zug grad ausgerechnet heut drei Minuten früher weggfahrn?

Portier: Naa, der Zug ist net drei Minuten früher weggfahrn, Sie san drei Minuten zspät komma.

Frau: Das kommt eben daher, wenn man nicht genau weiß, wann der Zug abfährt.

Portier: Hätten S' ins Kursbuch neigschaut, dann hätten Sie 's gwusst.

Frau: Da hab ich ja neigschaut, aber da steht's nicht drin.

Portier: Freilich steht's drin.

Frau: Ja, wissen S', ich hab eben kein Kursbuch daheim, jetzt hab ich in mein Kochbuch neigschaut. Und da steht's nicht drin.

Portier: Ja, im Kochbuch steht freilich kein italienischer Zug, höchstens der italienische Salat.

Frau: Drum hab ich ihn auch nicht gfunden, ja nicht einmal im Telefonbuch ist er drin gstanden.

Portier: Sie kunnten ja glei im Katechismus nachschaun.

Frau: Meina S'?

Portier: Nein, ich mein nur.

Frau: Ja, ich mein auch nur. Aber ich kann's nicht glauben, dass der Zug schon weggfahrn ist.

Portier: Freilich ist er weggfahrn.

Frau: Ist der einfach weggfahrn und hat die Reisenden alle da gelassen?

Portier: Nein, die sind alle mitgfahrn.

Frau: Ja, warum ham denn die den Zug nicht versäumt?

Portier: Weil die nicht zu spät komma sind.

Frau: Wenn aber die auch zu spät kommen wärn, wär dann der Zug auch weggfahrn?

Portier: Ja, aber rentiert hätte er sich dann nicht.

Frau: Was hätten dann die Reisenden alle gemacht, wenn sie alle den Zug versäumt hätten?

Portier: Auch so dumm dreigschaut hätten s' wie Sie.

Frau: Kann ich jetzt gar nichts machen?

Portier: Das müssen Sie wissen.

Frau: Ich mein, was ich jetzt tun soll? Denn wenn ich noch a Zeitlang wart, dann versäum ich ihn immer noch mehr.

Portier: Fahren S' halt mit dem nächsten Zug.

Frau: Wann geht denn der?

Portier: Morgen früh.

Frau: Ja, das nutzt mich nichts – morgen um die Zeit bin ich ja gar nimmer hier, da bin ich ja schon lange in Italien.

Portier: Ja, wie können S' denn da morgen in Italien sein, wenn S' heut den Zug versäumt haben?

Frau: Ja, da fahr ich ihm halt nach mit der Trambahn.

Portier: Da geht keine Trambahn hin.

Frau: Dann lauf ich ihm zu Fuß nach, das geht auch, das hab ich schon einmal in einem Kino gsehn.

Portier: So schnell wie der Zug fahrt, glaub ich, können Sie nicht laufen, außerdem Sie schicken sich recht.

Frau: Ja, ich muss nach Italien, ich freu mich schon darauf, warn Sie schon in Italien? Da muss es doch wunderschön sein. Sie, da ist doch der große Vatikan, der immer so speibt?

Portier: Verschonen S' mich mit Ihrer Lava. – Sie sind da im Irrtum, der Vatikan kann doch unmöglich speibn, das ist ja ein Gebäude, und ein Gebäude kann doch nicht speibn.

Frau: Nein, das ist bestimmt der Vatikan, denn mit V geht er an und dann hab ich ihn schon auf Ansichtskarten gesehn, der ist so groß, und oben geht der Dampf naus.

Portier: Dann meinen Sie wahrscheinlich den Vesuv.

Frau (*geht der Koffer auf und fällt ihr alles Unmögliche heraus*): Jessas, jessas, so ein Pech wie ich heut habe, zuerst versäum ich den Zug, und jetzt fallen mir meine ganzen Reiseutensilien heraus, wenn das jemand sieht, Sie glauben gar net, wie ich mich geniere.

Portier: Ja, mit dem Zeug derfen S' Ihna feili genieren.

Frau (*alles einpackend*): Ich reise nämlich so selten, Sie glauben gar nicht, wie unbeholfen ich bin.

Portier: Dös seh ich schon, jetzt schaun S', dass mit dera Brockensammlung bald zum Teufel komma.

Frau: Mein Gott, der Wecker ist, glaub ich, auch kaputt. Horchen S' amal.

Portier (*horcht, wirft ihn dann am Boden*).

Frau: Ja, wenn Sie's so machen, dann muss er ja hin werden (*wirft ihn auch hin*).

Portier: Ja, mei Frau, je öfters dass 'n nunterwerfen, desto hiher wird er.

Frau: Ach Gott, wenn man keinen Menschen hat, ich reis nämlich ganz allein.

Portier: Sie ham doch vier Koffer dabei.

Frau: Nein, ich mein, wenn eine Frau allein reist, ist es überhaupt nichts, wissen S', ich bin eine Witwe, ich stehe jetzt 30 Jahre ganz allein am Bahnhof – – ah, auf der Welt wollt ich sagen.

Portier: Mir waar's ja gnua, wenn Sie 30 Jahre am Bahnhof stellen würden, mir glanga schon die drei Minuten.

Frau: Wissen S', ich war auch verheiratet, aber mein Mann ist als Bub mit 14 Jahren nach Südamerika ausgewandert und ist seit der Zeit nie mehr zurückgekommen. Ich hab ihn nie wieder gesehn – – Verschollen, aber nicht vergessen.

Portier: So fanga S' ma 's Weinen auch noch an, trösten S' Ihna nur, schaun S' ich war auch 30 Jahre in Südamerika, bin auch wieder zurückgekommen, der kommt schon wieder, wenn's a Gscheiter ist.

Frau: Oh, das war ein braver Mann, aber ein böser Mann – aber kommen tut er nicht mehr mein Xaver.

Portier: So, Xaver hat er ghoaßen, ich heiß auch Xaver.

Frau: So – ja, mein Xaver hat immer zu mir gsagt: Wally, ich komm wieder, aber gekommen ist er nicht mehr.

Portier: Was, Sie heißen Wally?

Frau: Ja, Wally Rembremerdeng.

Portier: Und ich heiß Xaver Rembremerding.

Frau: Nein, ich heiß Rembremerdeng.

Portier: Und ich auch und in Südamerika war ich auch.

Frau: Ja, bist du der Xaver? Nein?

Portier: Und du d'Wally?

Frau: Ja, Xaver!!! (*Umarmt ihn und wirft ihm den Koffer auf den Fuß.*)

Portier: Ja, Rindviech!!!

Frau: 30 Jahre ham wir uns nicht mehr gsehn, hast mich denn nimmer kennt?

Portier: Drum ist mir dein Hut glei so bekannt vorkomma.

Verfasst 1925; {3/41}

Jess Marand Josef: Jesus Maria und Josef (Ausruf des Erschreckens, der Verwunderung)
Kursbuch: Verzeichnis von Fahrplänen und Zugfahrzeiten
speibt, speiben: speien, spucken
hi werden: kaputt gehen
hiher: stärker kaputt gehen
mir waar's ja: mir wäre es ja
glanga: genügen

Brief an den Feuilletonredakteur

Dr. Walter Behrendt

München, den 28. 1926

Sehr geehrter Herr Doktor Behrendt!
Bin bis morgen noch nicht im Besitz des Honorars für den verregneten Artikel »Der Regen«. Ich habe seit drei Tagen kein Stück Brot mehr zuhause, dasselbe liegt noch ungekauft beim Bäcker. Ich, meine Kinder, die Großmutter und der Papagei schreien nach Brot.

Alles ist schon verkauft und versetzt, verfressen, versoffen und verraucht. Und die braunen Tausender behalten immer noch ihren ungültigen Wert.

Es ist zum Kotzen.

Geben Sie sofort, ohne sich zu besinnen, eine Expressflugpostanweisung auf, über 60,-- Mark. – Sollte binnen der Betrag in meinem Besitze nicht sein, bin ich leider gezwungen, länger zu warten, so leid mir das tut.
Ihrem Wunsche sofort nachkommend
zeichnet
Niederverachtungsleer
Karl Valentin

Bitte dieses nicht zu veröffentlichen, sonst schreib ich nichts mehr für die M.N.N.

Verfasst 1926; {6/29}

Brief an die Schriftleitung der »Süddeutschen Sonntagspost«

München München, den 21. Februar 1941

Sehr geehrte Schriftleitung!

Heute am 21. Februar 41 erhielt ich per Post das Honorar von RM 5,-- i.W.: RM Fünf. – Sie können sich den Jubel meiner Familie kaum vorstellen, als der Geldbriefträger die Geldscheine auf unsern Tisch flattern ließ. – Meine Frau vergaß sich in meiner Gegenwart, umarmte den Geldbriefträger und küsste ihn inniglich. Meine Tochter (29 Jahre alt) stand vor Freude auf dem Fußboden Kopf, in Gegenwart der Eltern ein widerliches Bild! – Wir gaben uns alle drei die größte Mühe, dieses Ereignis überhaupt fassen zu können! Als der Geldbriefträger unsere Wohnung verließ, winkten wir ihm noch lange mit dem Sacktuch nach. Da meine Frau nicht gleich eins zur Hand hatte, nahm sie in der Eile den Fußabstreifer (Friedensware aus Kokosnussfasern) und meine Tochter warf ihm Handküsse nach. Dann setzten wir uns zusammen und berieten uns, was wir um den Betrag alles Neues anschaffen können. Wir notierten uns:

1 Paket Zahnstocher	20 Pfg.
1 Paket Zündhölzer	35 Pfg.
1 neuer Putzlumpen	60 Pfg.
1 Schachtel Stiefelwichs	18 Pfg.
1 Schachtel Vim	20 Pfg.
1 Paket Imi	22 Pfg.
1 Pfund Salz	16 Pfg.
1 Bleistift	15 Pfg.
1 Radiergummi	10 Pfg.

und so weiter.

Da ich seit fünf Jahren auch im Film keinen Pfennig verdient habe, trotzdem erst in der letzten Nummer der Zeitschrift »Das Reich« zu lesen ist, dass ich auch im Film zu gebrauchen wäre (siehe Beilage), freut es einen doppelt, wenn auf einmal so ein großer Batzen Geld ins Haus kommt.

Nun könnte ich für die nächste Sonntags-Nummer eine kleine Arbeit liefern. Es ist nur eine Schreibmaschinenzeile zu 25 Pfg. (siehe Beiblatt I). Den Betrag bitte ich mir per Postanweisung übersenden zu wollen.

Haben Sie auch Verwertung für kleine Wortwitze zu 5 Pfg. (siehe Beiblatt II)?

Die mir angebotene ständige Mitarbeit bei Ihrer Zeitung kann ich leider nicht annehmen, da ich die halbe Nacht als Aufsichtsrat und Präservativ-Verleiher im Freudenhaus in der Senefelderstraße 5 beschäftigt bin.
Mit deutschem Gruß!
Karl Valentin

Verfasst 1941; {6/165}

Brief an die Tochter Bertl

München, den 3. Februar 32

Sehr geehrte Tochter!
Anlässlich unseres letzten Beisammenseins in München am 5. August 31 gestatte ich mir, jetzt die Rechnung für Deine Existenz gütigst zu übersenden und hoffe, dass Du mit den Preisen einverstanden bist.

Hebammenkosten, bezahlt am 21. Sept. 1910	RM 20,--
1 kleine Blechbadewanne	RM 6,--
lauwarmes Wasser, 6 Jahre lang, täglich 10 Pfennig	RM 219,--
Schwammbenützung, 6 Jahre lang, täglich 5 Pfennig	RM 108,50
1 Wickelkissen und Babyausstattung	RM 100,--
Täglich 1 Liter Milch, ca. 6 Jahre lang, Semmelmus etc.	RM 438,--
Schmerzensgeld bei Geburt von Mutter billigst berechnet	RM 100,--
Schulzeit:	
Einschreibgebühr	RM 2,20
Schultoiletten	RM 500,--
Schulbücher	RM 90,--
Pause Frühstück; Pause Nachmittagsstück mit Berücksichtigung von Samstag Nachmittag insgesamt 1386 Tage	RM 29,--
Bis zu 21 Jahren täglich Mittag- u. Abendbrot à RM 1,--	RM 6550,--
Täglich ab 10 Jahre ½ Liter Bier à 30 Pfennig	RM 1204,50
Taschengeld vom 7.–21. Jahr	RM 1000,--
5mal fotografieren lassen	RM 40,--
Ärztliche Behandlung und 16 ½ Warzen abätzen lassen (rechte Hand)	RM 120,--
Kirchensteuer	RM 200,--
Schulsteuer	RM 150,--
Täglich $^{1}/_{5}$ Liter Kaffee à 15 Pfg.	RM 1120,--
Monatlich ½ Liter Wasser unberechnet	RM ---,--
Bubikopf schneiden	RM 5,--
Kopfwaschen 6 Jahre lang, wöchentlich à RM 3,--	RM 936,--

Barauslagen für Kino und Theaterbesuch, Bälle etc.	RM 3570,--
Kleidung vom 14.–21. Jahr, pro Jahr RM 500,--	RM 3500,--
Unterricht im Schauspiel, pro Stunde RM 12,--	RM 3144,--
Unterricht französisch, englisch, Literatur	RM 540,--
Klavier- und Guitarreunterricht	RM 700,--
Reise nach Königsberg	RM 83,--
Briefmarken und Telefongespräche nach Königsberg	RM 150,--
Gesamtsumme	RM 24.625,20

Bezugnehmend, dass Du mein eigenes Fleisch und Blut bist, habe ich 10 % Ermäßigung zugestanden	RM 2462,50
	RM 22.162,70

Binnen acht Tagen zahlbar, da ich sonst zu meinem Bedauern gezwungen wäre, gerichtliche Schritte zu unternehmen.
Mit vorzüglicher Hochachtung!
Karl Valentin

Verfasst 1932; {6/48}

Brief aus Bad Aibling

Hochwohlgeborne Anni, liebe Ehefrau und Zuckerschneckerl!
Liebe Frau, teile dir mit, dass ich in Bad Aibling gut angekommen bin. Bei Ankunft stiegte ich aus demselben Zug aus, in dem ich am Bahnhof zu München einstug. Ich wollte absicht-

lich nicht weiterfahren, da mein Billet nur bis Aibling giltig war und hätte eine Weiterfahrt keinen Wert gehabt, da ich sonst über Bad Aibling hinausgefahren wäre. Die Eisenbahnfahrt ging sehr schnell, da es ein Schnellzug war; wäre es ein Güterzug gewesen, wäre die Fahrt natürlich nur Güter gewesen. Während der Fahrt aßte ich mein Butterbrot und trankte meinen roten Wein. Vis a vis von meinem Schnellzug sauste auf einmal ein anderer Schnellzug vorbei, und zwar so schnell, dass man die Leute, die in dem anderen Schnellzug saßten, kaum grüßen konnte, obwohl vielleicht ein guter Bekannter hätte drin' sitzen können, der dann am andern Tag zu mir gesagt hätte: Gestern waren Sie aber protzig, weil Sie mich nicht einmal gegrüßt haben. Die Fahrt ging dann weiter; auf einmal wurde es mir not, die Notkabine war aber besetzt; deshalb zogte ich die Notbremse und der Zug stund. Der Eisenbahnbesitzer stiegte zu mir in das Kouplet und schrub mich auf wegen Notzug. Die Gesellschaft im Eisenbahnwagen war sehr gemischt; es waren fast lauter Reisende, nur der eine Herr, der in München den Zug versäumte, fuhr nicht mit, da er wahrscheinlich mit dem nächsten Zug hinter uns nachkommt, in welchem wir auch gefahren wären, wenn wir den Zug auch versäumt hätten. – In Aibling selbst ist es sehr schön, obwohl es, glaube ich, sehr wenig Weinkneipen dort gibt. Gestern hat mich der Kurarzt untersucht, er meint, ich müsste nicht im Bett liegen bleiben, nur bei Nacht müsse ich im Bett bleiben, was ich ja sowieso getan hätte. Sonst geht es mir gut; ich habe mein eigenes Zimmer, in welchem sechs Betten stehen, wovon aber nur vier besetzt sind von vier Patientinnen. – Ich schließe nun meinen Brief und hoffe, dass du mir in München treu bleibst, wenigstens halbe treu, zum mindesten viertel über zwei. Meine Uhr habe ich vergessen, wir haben auch in unserem Schlafsaal keine Uhr.

Wenn du mir wieder schreibst, schreibe bitte in den Brief hinein, wieviel Uhr es ist. Ich weiß gar nicht, wie ich an der Zeit bin.
Es grüßt und küsst dich
hochachtungsvollst
ergebenst
Nepermuk Semmelmeier, Patient,
z. Zt. Bad Aibling.

Verfassst um 1920; {1/99}

Bad Aibling: Stadt mit dem ältesten Moorheilbad in Bayern, circa 60 km östlich von München

Buchbinder Wanninger

Eigentlich: Telefonschmerzen

Handlung: Der Buchbindermeister Wanninger hat auf Bestellung der Baufirma Meisel & Co. 12 Bücher frisch eingebunden, und bevor er dieselben liefert, fragt er telefonisch an, wohin er die Bücher bringen soll und ob und wann er die Rechnung einkassieren darf. Er geht in seiner Werkstätte ans Telefon und wählt eine Nummer, wobei man das Geräusch der Wählerscheibe hört. Nachdem der Anschluss hergestellt ist:

Baufirma Meisel, Portier: Hier Baufirma Meisel & Co.

Buchbindermeister: Hier ist Buchbinder Wanninger. Ich möchte nur der Fa. Meisel mitteilen, dass ich die Bücher fertig habe und ob ich die Bücher hinschicken soll und ob ich die Rechnung auch mitschicken soll – bitte!

Portier: Einen Moment!

Sekretariat: Hier Meisel & Co., Sekretariat!

Buchbindermeister: Hier ist Buchbinder Wanninger. Ich möchte Ihnen nur mitteilen, dass ich die Bücher fertig habe und ob ich die Bücher hinschicken soll und ob ich die Rechnung auch mitschicken soll – bitte!

Sekretariat: Einen Moment, bitte!

Direktion: Direktion der Fa. Meisel & Co. hier!

Buchbindermeister: Hier ist Buchbinder Wanninger. Ich möchte der Fa. Meisel nur mitteilen, dass ich die Bücher fertig habe und ob ich die Bücher hinschicken soll und ob ich die Rechnung auch mitschicken soll – bitte!

Direktion: Ich verbinde Sie mit der Verwaltung, einen Moment mal!

Verwaltung: Hier Baufirma Meisel & Co., Verwaltung!

Buchbindermeister: Hier ist Buchbinder Wanninger. Ich möchte Ihnen nur mitteilen, dass ich die Bücher fertig habe und ob ich die Bücher hinschicken soll und ob ich die Rechnung auch mitschicken soll – bitte!

Verwaltung: Rufen Sie doch bitte Nebenstelle 33 an. Sie können gleich weiterwählen. – (*Geräusch der Wählscheibe*)

Nebenstelle 33: Hier Baufirma Meisel & Co.

Buchbindermeister: Hier ist Buchbinder Wanninger. Ich möchte der Fa. Meisel mitteilen, dass ich die Bücher fertig habe und ob ich die Bücher hinschicken soll und ob ich die Rechnung auch mitschicken soll – bitte!

Nebenstelle 33: Einen Moment mal! Ich verbinde Sie mit Herrn Ingenieur Plaschek.

Ingenieur Plaschek: Hier Ingenieur Plaschek!

Buchbindermeister: Hier ist Buchbinder Wanninger. Ich möchte nur dem Herrn Ingenieur mitteilen, dass ich die Bücher fertig habe und ob ich die Bücher hinschicken soll und ob ich die Rechnung auch mitschicken soll – bitte!

Ingenieur Plaschek: Da weiß ich nichts davon. Fragen Sie doch mal bei Herrn Architekt Klotz an. Einen Moment mal!

Architekt Klotz: Hier Architekt Klotz!

Buchbindermeister: Hier ist Buchbinder Wanninger. Ich möchte nur dem Herrn Architekt mitteilen, dass ich die Bücher fertig habe und ob ich die Bücher hinschicken soll und ob ich die Rechnung auch mitschicken soll – bitte!

Architekt Klotz: Da fragen Sie am besten Herrn Direktor selbst. Er ist jetzt nicht in der Fabrik. Ich verbinde Sie gleich mit der Wohnung.

Wohnung: Hier Direktor Hartmann!

Buchbindermeister: Hier ist Buchbinder Wanninger. Ich möchte dem Herrn Direktor nur mitteilen, dass ich die Bücher fertig habe und ob ich die Bücher hinschicken soll und ob ich die Rechnung auch mitschicken soll – bitte, Herr Direktor!

Wohnung, Direktor: Ich kümmere mich nicht um diese Sachen. Vielleicht weiß die Abteilung III Bescheid; ich schalte in die Firma zurück.

Abteilung III: Baufirma Meisel, Abteilung III.

Buchbindermeister: Hier ist Buchbinder Wanninger. Ich möchte nur der Fa. Meisel mitteilen, dass ich die Bücher fertig habe und ob ich die Bücher hinschicken soll und ob ich die Rechnung auch mitschicken soll – bitte.

Abteilung III: Einen Moment bitte, ich verbinde mit der Buchhaltung.

Buchhaltung: Fa. Meisel & Co., Buchhaltung!

Buchbindermeister: Hier ist Buchbinder Wanninger. Ich möchte nur der Fa. Meisel mitteilen, dass ich die Bücher fertig habe und ob ich die Bücher hinschicken soll und ob ich die Rechnung auch mitschicken soll – bitte!

Buchhaltung: So, sind die Bücher endlich fertig – hören Sie zu, dann können Sie ja dieselben – Rufen Sie bitte morgen wieder an, wir haben jetzt Büroschluss!

Buchbindermeister: Jawohl – danke – entschuldigen Sie vielmals bitte.

Verfasst 1940; {4/90}

Der Bittsteller

Geheimrat: […] Waren Sie nicht einmal vor vier Jahren bei meinem Freund, dem Baron Rembremerding angestellt als Gärtner?

Brandstätter: … Ja beim Herrn Baron Rembremerding, da war ich Gärtner. Das heißt, eigentlich war ich kein direkter Gärtner. Ich mein so: Ich war kein Direktor, und ich war auch kein Gärtner. Ich war Spritzbrunnenaufdreher.

Geheimrat: Spritzbrunnenaufdreher, ja, ist denn das auch ein Beruf?

Brandstätter: Beruf weniger. Es war eigentlich mehr so a kloans Nebenschanzerl von mir, im ganzen Jahr hab ich ja bloß zwei Mark verdient.

Geheimrat: Zwei Mark im ganzen Jahr? Aber davon kann man doch nicht leben.

Brandstätter: Ja, leben schon, aber wie!

Geheimrat: Mir ist das ganz unverständlich!

Brandstätter: Da heißt's – einteilen!

Geheimrat: Aber, wie ist das möglich, dass Sie im ganzen Jahr nur zwei Mark verdient haben?

Brandstätter: Ja, das kann ich Ihnen schon erzählen, wenn's Ihnen interessiert, Herr Zweirat, Herr Geheimrat! Das war so: Der Herr Baron, der hat nämlich in seinem Park eine – eine – wie heißt mer's denn, so eine – eine Funk …

Geheimrat: Eine Funkanlage.

Brandstätter: Nein, eine Funk … – so a ausländischer Name – eine Funk – –

Geheimrat: Eine Funkstation?

Brandstätter: Ja, – nein – Herrgottsakra, jetzt is mir der Name entfalln, eine Funk – eine Funktäne.

Geheimrat: Sie meinen eine Fontäne.

Brandstätter: Ja, mir in Giesing drauß, sagen halt Spritzbrunnen, und diesen Spritzbrunnen, den hab ich alle Jahre im Frühling aufdrehen müssen, dann hat er gspritzt bis zum Herbst. Und wenn dann der Winter kommen ist, nacha hab ich ihn wieder zudrehen müssen. Und da hab ich fürs Aufdrehn a Markl kriegt und fürs Zudrehn auch a Markl, sind zusammen zwei Markl.

Geheimrat: Ja, wissen Sie Herr Brandstifter …

Brandstätter: … stätter, bitte!

Geheimrat: Herr Brandstätter, für diese zwei kurzen Tätigkeiten find ich zwei Mark eigentlich ganz gut bezahlt.

Brandstätter: Natürlich ist's gut bezahlt. Ich mach ja auch dem Herrn Baron keine Vorwürfe, nur zwenig ist halt zum Aufdrahn gwesen.

Geheimrat: Wieso das?

Brandstätter: Ich mein so: Wenn der Herr Baron Rembremerding in seinem Park tausend solche Spritzbrunnen ghabt hätt, die wo mer alle Tag auf- und zudrehn hätt müssen, das wären dann 2000 Mark pro Tag gewesen, des wär a Gschäft …

Geheimrat: Aber ich bitte Sie, welcher Mensch kann sich heutzutage den Luxus von 1000 Spritzbrunnen leisten?

Brandstätter: Ja, niemand! (*Telefon läutet.*)

[…]

Verfasst 1921; {5/121, 386}

Der überängstliche Hausverkäufer

Valentin (*zum Käufer*): Guten Tag, Sie wünschen?
Käufer: Ich komme wegen dem Haus.
Valentin: Sie meinen wegen dem Häuschen?
Käufer: In der Zeitung steht aber Haus.
Valentin: Nein, es ist ein kleines Haus, ein Häuschen.
Käufer: Ah, ein Häuslein, steht das Häuschen im Freien?
Valentin: Da steht es doch.
Käufer: Ich komme auf das Zeitungsinserat, Sie haben doch das Haus zu verkaufen, ist das hier das Haus?
Valentin: Jawohl! Ich verkaufe es ungern, aber ich bin froh, wenn ich es los bin.
Käufer: Wie viele Stockwerke hat das Haus?
Valentin: Keines, nur Parterre.
Käufer: Ist es bewohnt?
Valentin: Momentan nicht, weil ich heraußen stehe.
Käufer: Wie viele Zimmer hat es denn?
Valentin: Nur eins – dafür keine Treppe, kein Stiegenhaus.
Käufer: Ist das hier eine ruhige Gegend?
Valentin: Jawohl, im Winter hören Sie nicht einmal das Auffallen der Schneeflocken, aber dafür gibt es im Sommer viele Ameisen, aber die gehen ganz leise.
Käufer: Wie steht es mit den Toilettenverhältnissen?
Valentin: Klosett ist keines im Haus.
Käufer: Ja, aber wenn man …
Valentin: Der Wald ist fünf Minuten von hier entfernt.
Käufer: Ja, aber bei Nacht?
Valentin: Auch nur fünf Minuten.
Käufer: Wann sind Sie in dieses Haus eingezogen?
Valentin: Einen Tag später.

Käufer: So früh schon – und wie ist es mit der Beleuchtung? Gas oder elektrisch?

Valentin: Im Haus und im Freien überall elektrisch.

Käufer: Ich sehe aber nirgends eine elektrische Leitung.

Valentin: Nur elektrische Taschenlampen, die brennen überall.

Käufer: Wie alt ist das Haus schon?

Valentin: Weiß nicht, hab noch nicht gefragt.

Käufer: Sind Hypotheken drauf?

Valentin: Nein, nur ein Kamin.

Käufer: Was bedeuten diese vier Zimmerwände?

Valentin: Das sind Stützen.

Käufer: Für was?

Valentin: Fürs Hausdach.

Käufer: Ist Ungeziefer im Haus?

Valentin: Nein, ich bin noch Junggeselle.

Käufer: So – So!

Valentin: Jawohl!

Käufer: Legen Sie …

Valentin: Nein – ich nicht.

Käufer: Einen Moment …

Valentin: Bitte!

Käufer: Legen Sie …

Valentin: Nein – aber meine Hühner legen.

Käufer: Legen Sie Wert darauf, dass das Haus bald verkauft wird?

Valentin: Sofort – in sofortiger Bälde.

Käufer: Kaufen Sie sich dann wieder ein neues Haus?

Valentin: Niemals mehr, ich suche ein altes 1000 Meter tiefes Bergwerk zu mieten.

Käufer: Was, ein Bergwerk? Und das wollen Sie dann bewohnen?

Valentin: Selbstverständlich!
Käufer: Das ist ja unheimlich.
Valentin: Schon – aber sicher.
Käufer: Vor wem?
Valentin: Vor Meteorsteinen.
Käufer: Ach so ein Meteorstein fällt doch so selten vom Himmel runter.
Valentin: Ja, die Sicherheit geht in dem Fall über die Seltenheit.

Verfasst 1940; {4/79}

Der verlorene Brillantring

Trotzdem dass ich zwei Jahre beim Militär gedient habe, habe ich vor acht Tag meinen Brillantring verloren.

Den Ring kann ich halt gar nicht vergessen, denn jedes Mal wenn ich daher schau, wo ich immer hingschaut hab, muss ich gleich wegschaun.

Also der Ring war einzig, – – erstens schon aus dem Grund, weil ich bloß den einzigen ghabt hab. – – – Ein Feuer hat der Ring ghabt, – – – wegen dem Ring ist schon a paar Mal d'Feuerwehr ausgerückt.

Blitzt hat der Ring, wie der Blitz, dem Ring hat bloß mehr das Donnern gefehlt, dann wär's direkt ein Donnerwetterring gewesen – – – Einer hat so einmal zu mir gsagt »Donnerwetter habn Sie an schönen Ring«.

Wie das gegangen ist, dass ich den Ring verloren hab, ist mir bis heut noch ein Rätsel, – – denn acht Tag vorher hab ich ihn doch noch ghabt, – also hat der Ring acht Tag gebraucht, bis er verloren gegangen ist.

Mir liegt ja weniger an dem Ring, aber was tu ich jetzt mit dem blausammtnem Etui, da hat der Ring so schön neipasst, wer weiß, ob ich wieder so einen Ring krieg, der wo so schön da nein passt, wie der.

Aber mei, jetzt ist er schon fort, jetzt kann man's nicht mehr ändern, das heißt, einmal hab ich'n schon ändern lassen, beim Goldarbeiter, da hab ich den Ring weiter machen lassen, weil er mir immer so vom Finger runtergfallen is, der Goldarbeiter hat'n aber gleich wieder so weit gmacht, dass'n mei Frau als Armreif tragn hat können. Durch das ist er dann verloren gegangen.

Wissen Sie, ich hätt den Ring schon wieder bekommen, wenn ich gleich eine Annonce aufgegeben hätt in der Zeitung, aber jetzt is's auch schon wieder acht Tag her, jetzt weiß ich nicht mehr genau, wie der Ring ausgschaut hat, ich weiß bloß noch, dass er in der Mitt an Loch ghabt hat, wo man den Finger durchsteckt und dass er 50 Mark kost hat, aber mein Gott, solche Ringe gibt's halt mehr auf der Welt. Eigentlich bin ich froh, dass ich den Ring verloren hab, wie leicht hätt's sein können, dass er mir gestohln worden wär.

Ja, der Ring liegt mir heut noch am Herzen, nicht in Wirklichkeit, sondern man sagt eben so, denn wenn er mir in Wirklichkeit am Herzen liegen tät, dann wüsst ich ja, wo er wär, dann ging ich in d'Klinik hinaus und ließ mich operieren, dann hätt man gleich wieder, aber schließlich kost die Operation 200 Mark, dann bezahl ich 150 Mark drauf, um das Geld krieg ich schon wieder drei neue Ringe und brauch die Schmerzen nicht aushalten.

Aber ich lassn doch noch ausschreibn in der Zeitung, vielleicht hilft's doch, – – ja, ob aber der grad die Zeitung liest, der wo den Ring gfunden hat, das ist die Frage, – – und dem extra schreiben, er soll so freundlich sein und soll die Zeitung lesen, wo das drin steht, das kann ich nicht, weil ich nicht weiß, wo er wohnt, der wo'n gfunden hat.

Vielleicht wohnt er im Ringhotel.

Verfasst zwischen 1906 und 1910; {1/30}

Ein komischer Liebesbrief

Mein geliebter …!
(*Hier nennt der Vortragende* ***seinen*** *Vornamen.*)
Mit weinenden Händen nehme ich den Federhalter in meine Hände und schreibe dir. – Warum hast du so lange nicht geschrieben? – Wo du doch neulich geschrieben hast, dass du mir schreibst, wenn ich dir nicht schreibe!! – – Mein Vater hat mir gestern auch geschrieben; er schreibt, dass er dir geschrieben hat. Du hast mir aber kein Wort davon geschrieben, dass dir mein Vater geschrieben hat. – Hättest du mir geschrieben, dass dir mein Vater geschrieben hat, so hätte ich meinem Vater geschrieben, dass du ihm schon schreiben hättest wollen, hättest aber leider keine Zeit gehabt zum Schreiben, sonst hättest du ihm schon geschrieben.

Mit unserer Schreiberei ist es sehr traurig, weil du mir auf kein einziges Schreiben, welches ich Dir geschrieben habe, geschrieben hast. – Wenn du nicht schreiben könntest, wär es was anderes, dann tät ich dir überhaupt nicht schreiben, weil dann die Schreiberei keinen Wert hätte, – so kannst du aber schreiben und schreibst doch nicht, wenn ich dir schreibe!

Ich schließe mein Schreiben und hoffe, dass du mir nun endlich schreibst, sonst ist das mein letztes Schreiben, welches ich dir geschrieben habe. – – Solltest du aber wieder nicht schreiben, so sage wenigstens dem Überbringer dieses Schreibens, wann und wo wir uns heute noch treffen.

(*Vortragender übergibt den Brief wieder dem Überbringer mit den Worten:*) Sagns eine schöne Empfehlung von mir und ich wart ihr heut Nacht um zwei Uhr – Ecke Dachauer Straße und Isartorplatz.

(*Vortragender bläst oder singt hierauf den letzten Ton seines Liedes und geht dann ab.*)

Verfasst um 1916; {1/21}

Dachauer Straße: Straße in München, nach der Stadt Dachau benannt, nordwestlich von München
Isartorplatz: nach dem Isartor im Zentrum Münchens benannt. In den stadtgeschichtlichen Quellen erstmals 1336/37 erwähnt.

Fliegenjagd

(*Mann [Valentin] und Frau [Karlstadt] sitzen am Familientisch beim Essen. – Eine Fliege summt im Zimmer und quält alle zwei bis zum Zornausbruch, und endet mit einem Familienstreit bis zur Androhung der Scheidung.*)

Mann: Die Kartoffelsuppe hast heut nicht gsalzen, du Mistvieh.

Frau: Was? Ja jetzt schaug amal a so a gemeins Mannsbild an, ohne jeden Anlass hoaßt mi der a Mistvieh.

Mann: Rindvieh – i hab doch net di gmoant, i hab doch de Fliegn gmoant, de sich schon dreimal nachanand auf mein Kopf naufgesetzt hat.

Frau: So, i hab gmoant, mi hast gmoant – aba mit dem Rindvieh hast mi gmoant.

Mann: Ja da scho, weil du gmoant hast, i hab di a Mistvieh ghoaßn, wo is denn unser Fliegndatscher, – da is er, da nimm an Datscher und wenn sich des gemeine Vieh nochmal auf mein Haupt setzt, haust ihr oane nauf, aba gib obacht, dass d' net mi triffst.

Frau: Saudumme Rederei, wenn i die Fliegn auf dein Kopf daschlagn soll, dann triff i di doch auch.

Mann: Ja, so narrisch brauchst doch net glei drauf haun, dass i a hin bin.

Frau: Du redst einen Unsinn, so fest kann i mitn Fliegndatscher dich niemals net aufn Kopf nauf haun, dass du auch hin bist.

Mann: I soll ja auch gar nicht hin werdn, sondern die Fliegn und außerdem könntest du mich niemals mit dem Fliegendatscher daschlagn, da müsst du scho einen eisernen Hammer dazu nehma.

Frau: Nein – das ist unmöglich.

Mann: Wieso unmöglich?

Frau: Ja das ist unmöglich – erstens hab ich nicht im Sinn, dich wegen einer Fliegn zu erschlagen, und zweitens fliegt die Fliegn davon, bis der schwere Eisenhammer auf die Fliegn niedersausen tät.

Mann: Ich setz aber den Fall, die Fliegn bliebe sitzen.

Frau: In dem Fall seid ihr alle zwei kaputt, also zwei Fliegn auf einen Schlag, wie man so sagt.

Mann: Das ist eigentlich interessant – mit einem schweren Eisenhammer kann man zum Beispiel einen großen Menschen erschlagen, aba niemals so eine kleine Fliegn.

Mann: Ja – das ist ganz logisch und umgekehrt kannst du mit einem Fliegendatscher niemals einen Menschen erschlagen.

Frau: Dann kannst du also ganz beruhigt sein, wenn ich auf deim Kopf die Fliegn erschlagn tu.

Mann: D'Fliegn sitzt scho wieda auf mein Kopf – hau zua.

Frau: (*peng*) Na – nichts – nicht zu treffen –

Mann: Du hast zu spät draufgschlagn – du musst draufhaun, bevor die Fliegn wegfliegen will. Gib mir den Datscher, jetzt sitzt s' auf deim Suppnteller – *Peng*!

Frau: Ah Ah Ah! Haut er direkt in d'Suppn nei, da schau her, mei ganze Blusn is voll Suppnflecken, du hast zu spät hingschlagn du musst hinschlagn, bevor die Fliegn wegfliegn will.

Mann: Ja Ja – ich weiß scho, was du damit sagn willst, du meinst, dass ich genau so blöd bin wie du zum Fliegnfangen.

Verfasst um 1940; {4/281}

hoaßt: heißt (er hoaßt mi = er nennt mich …)
nachanand: nacheinander
gmoant: gemeint, gedacht
Fliegendatscher: Fliegenklatsche, -klappe

Geht in die Wälder – holt euch Holz

B.: Servus Valentin – wie geht's?
V.: Danke – bin zufrieden.
B.: Warst du auch dabei?
V.: Nein – warst du dabei?
B.: Auch nein.
V.: Na also.
B.: Was machst du im kommenden Winter?
V.: Ich friere.
B.: Wieso? Hast du keinen Ofen im Zimmer?

V.: Ofen schon, aber nur 2 Ster Holz.

B.: Na also, dann hast du ja Holz zum Einheizen.

V.: Schon, aber wenn ich das Holz einheize, dann verbrennt es – mit was soll ich dann einheizen?

B.: Ja mit Holz.

V.: Ich sag dir doch, das Holz heiz ich nicht ein, das spar ich mir für den nächsten Winter.

B.: Aber den nächsten Winter musst du doch auch heizen.

V.: Ja, aber nur wenn's kalt ist.

B.: Unsinn! Im Winter ist es doch kalt.

V.: Aber nur im Freien, aber doch nicht in den Wohnungen.

B.: Wenn du in der Wohnung nicht heizt, ist es doch auch kalt.

V.: Schon, aber nur wenn man nicht einheizt.

B.: Du sagst doch, dass du nicht einheizen willst, weil du das Holz bis nächsten Winter aufsparen willst.

V.: Ja nur dann, wenn ich im nächsten Winter kein Holz bekomme.

B.: Nächsten Winter bekommst du doch Holz genug, weil wir da hoffentlich wieder Kohlen bekommen.

V.: Wenn es wieder Kohlen gibt, brauchen wir selbstverständlich kein Holz mehr.

B.: Holz musst du immer im Vorrat haben im Falle es mit der Kohlenlieferung nicht klappt, dann musst du in den Wald gehen und dir Holz holen – Brennholz.

V.: Was für eines? Buchen oder Tannenholz?

B.: Tannenholz von den Tannenbäumen.

V.: An was kennt man die Tannenbäume?

B.: An den Blättern.

V.: Der Tannenbaum hat doch keine Blätter.

B.: Selbstverständlich hat der Blätter, es heißt doch in dem Volkslied »Oh Tannenbaum Oh Tannenbaum, wie grün sind deine Blätter«.

V.: Ja nur im Lied hat der Tannenbaum Blätter, aber im Wald draußen hat er Nadeln.

B.: Ja, ja, – aber man kann doch nicht singen »Oh Tannenbaum oh Tannenbaum wie grün sind deine Nadeln«. – Es ist ja auch egal, du sollst Tannenholz holen im Wald, dass du eine warme Wohnung bekommst.

V.: Meine Meinung ist, dass man auch ohne geheizte Wohnung leben kann, im Freien draußen ist doch auch nicht eingeheizt – die Leute leben auch; wenn man sich warm anzieht, kann einem doch nicht frieren.

B.: Aber du kannst doch in der Wohnung zu Hause keinen Pelzmantel anziehen.

V.: Warum nicht, die Eskimos machen es doch auch so – die können doch auch nicht in den Wald gehen und können sich Brennholz holen, weil's am Nordpol keine Wälder gibt, sondern nur Schnee und Eis.

B.: Was die Eskimos machen, kann uns doch egal sein – wir leben in Europa und deshalb müssen wir im Winter einheizen.

V.: Die Menschen sind eben zu verwöhnt, wer kümmert sich denn um die Tiere im Winter, zu Beispiel um die Vögel.

B.: Ja, die Vögel haben am ganzen Körper Federn, und Federn machen warm, und wir Menschen haben leider keine Federn, sondern Haare.

V.: Das wäre natürlich vorteilhaft, da müssten wir aber *überall* behaart sein wie zum Beispiel ein Hofhund – aber wenn wir überall behaart wären, dann müssten wir im Sommer furchtbar schwitzen oder nackend rumlaufen, dann bräuchten wir keine Kleider mehr und die Kleiderfrage wäre gelöst.

B.: Und die Schneider?

V.: Die wären allerdings arbeitslos.

B.: Das sind sie sowieso, weil wir keine Kleiderstoffe haben zur Anfertigung von Kleidern.

V.: Kleiderstoff haben wir nicht, aber Stickstoff – Sauerstoff – Wasserstoff haben wir.

B.: Sie können sich doch keinen Anzug aus Wasserstoff machen lassen.

V.: Höchstens einen Taucheranzug – fürs Regenwetter.

B.: Wir sind nun wieder ganz von unserem eigentlichen Thema abgekommen – vom Holz im Wald holen.

V.: Ja, da muss ich jetzt dazwischen hinein einmal dumm fragen – wenn alle Menschen im Wald Holz abschneiden, dann gibt es bald keinen Baum mehr. Wo setzen sich dann die Vögel hin? Wo bauen sie ihre Nester?

B.: Na a paar Bäume werden schon noch stehen bleiben.

V.: Auweh – dann heißt es auch bei den Vögeln, wie zur Zeit bei den Menschen – Näher zusammenrücken!!!

Verfasst etwa 1945; {4/206}

Heirats-Annonce

(*Schalterraum, Geräusche, Zeitungslärm*)

Rundfunk-Ansager: Verehrte Hörerinnen und Hörer! – Wir bringen Ihnen nun einen Hörbericht von einem Schalterraum des »Allgemeinen Stadtboten«. – Wir schalten um! –

Valentin: Verzeihen Sie, Fräulein, bin ich hier am richtigen Schalter? In Ihrer Zeitung stand eine Heirats-Annonce: »Einsame Witwe sucht zum zweiten Mal ihr Glück in der Ehe usw.« Ich habe diese Annonce gelesen – ungefähr – vor vier bis fünf Wochen in Ihrem Blatte und die Zeitung ging mir verloren. Oh bitte, sind Sie doch so gut und suchen Sie mir die Zeitung mit dieser Annonce!

Karlstadt: Ja, du lieber Gott, wenn Sie nicht den genauen Datum wissen, lässt sich das schwer machen.

Valentin: Die Annonce war ungefähr 5 cm lang und 3 cm breit. »Einsame Witwe sucht zum zweiten Mal ihr Glück usw.«

Karlstadt: Vor vier bis fünf Wochen, sagen Sie? – Ja, Sie können doch nicht verlangen, dass ich alle diese Zeitungen, die seit fünf Wochen erschienen sind, durchblättere!

Valentin: Sind Sie doch so lieb! Vielleicht ist es schon in den ersten Nummern enthalten.

Karlstadt: No, – das wäre ein großer Zufall!

Valentin: »Einsame Witwe sucht zum zweiten Mal ihr Glück in der Ehe usw.« Die Annonce ist ungefähr 5 cm lang und 3 cm breit.

Karlstadt: Das ist doch unmöglich, unter so vielen Zeitungen die Anzeige herauszufinden!

Valentin: Aber es ist drin gstanden!

Karlstadt: Ja, ja, da steht mehr drin!

Valentin: Ja, das andere interessiert mich nicht; mich interessiert nur die eine Annonce. Die Annonce ist, wie gesagt, circa 5 cm lang und 3 cm breit, und der Text ist: »Einsame Witwe sucht zum zweiten Mal ihr Glück in der Ehe usw.«

Karlstadt: Ja, so schaun Sie doch her, das ist jetzt schon die zehnte Zeitung; ich habe doch schließlich andere Arbeit auch noch zu machen!

Valentin: Fräulein! Sind Sie doch so nett! Sie helfen mir vielleicht zu meinem Glück! Es hängt alles von dieser Annonce ab, von dieser kleinen Annonce, 5 cm lang und 3 cm breit, »Einsame Witwe sucht zum zweiten Mal ihr Glück in der Ehe usw.«

Karlstadt: Ja, das weiß ich jetzt bereits, wie die Annonce lautet, aber Sie sehen ja selbst, – ich finde diese Annonce nicht.

Valentin: Vor vier bis fünf Wochen habe ich dieselbe selber gelesen: »Einsame Witwe sucht …«

Karlstadt: Ja, so hören S' doch jetzt endlich einmal auf, mit der einsamen Witwe!

Valentin: *Aufhören*, Fräulein! – *Anfangen* will ich mit der einsamen Witwe, nicht aufhören! Deshalb ersuche ich Sie ja, *so* lange zu suchen, bis wir sie haben! Die Annonce ist ungefähr …

Karlstadt: … 5 cm lang und 3 cm breit! Solche Annoncen in dieser Größe sind nach den Hunderten in unserer Zeitung.

Valentin: Ja, ja, das glaube ich schon, aber es handelt sich ja bei dieser Annonce nicht nur um die Größe allein, sondern um den Text – »Einsame Witwe sucht zum zweiten Mal ihr Glück in der Ehe.«

Karlstadt: Ja Ehe! – – Ehe wir die Annonce finden, suchen S' Ihnen a andere Witwe! Da gibt's genug in München!

Valentin: *Nein*, – ich will nur eine »einsame Witwe, die zum zweiten Mal ihr Glück in der Ehe sucht!«

Karlstadt: Jetzt mag ich nicht mehr! Da schaun S' her! Jetzt hab ich alle Heirats-Annoncen der letzten fünf Wochen durchgeschaut, da ist keine drin. Haben Sie die Annonce auch *bestimmt* in unserem Blatt gelesen?

Valentin: Ja, – ganz bestimmt!

Karlstadt: Vielleicht haben Sie s' im »Landboten« gelesen? Wir sind die Redaktion vom »Stadtboten«.

Valentin: Ja! – Im »Landboten«!

Karlstadt: Ja, Sie saudummer Hanswu …

Rundfunk-Ansager: Wir schalten um!

Verfasst 1940; {4/92}

Im Verkaufsladen

Valentin: Grüß Gott, haben Sie …

Verkäuferin: Leider …

Valentin: Aber bitte lassen Sie mich doch erst ausreden, Sie wissen doch noch gar nicht, was ich will.

Verkäuferin: Das haben wir auch nicht mehr, aber vielleicht schauen Sie in acht bis vierzehn Tagen wieder her.

Verfasst etwa 1946; {7/279}

Lora

Valentin (*zu seiner Frau*): Das schau mal her, was ich dir heut mitgebracht hab!

Frau: Ei! Ein Papagei! Oh ist der schön – und ganz in feldgrau – oder ist er schon altersgrau?

Valentin: Nein, nein, der ist noch nicht alt, aber sehr gelehrig und kann sehr viel sprechen, singen, pfeifen, er schreit: eins, zwei, drei hurra, sag mal schön, wie du heißt, komm sag's schön.

Lora (*schweigt*)

Frau: Na, sag's schön, wie du heißt!

Lora (*schweigt*)

Valentin: Komisch – ich habe den Papagei meinem Freund Obermeier abgekauft und da hat das Luder in einem fort geschwätzt.

Frau: Das ist schon möglich, er fühlt sich wahrscheinlich hier noch fremd.

Valentin: Kann sein, – na Lora, du brauchst dich bei uns nicht fremd fühlen, sag mal schön, wie heißt du?

Lora (*schweigt*)

Valentin: Hoffentlich bleibt er bei uns nicht fremd, denn nur zum Anschaun wäre der Preis zu hoch.

Frau: Was hast denn dafür bezahlt?

Valentin: Hundert Mark.

Frau: Hundert Mark? Das ist allerdings für einen nichtsprechenden Papagei zu viel.

Valentin: Nichtsprechend ist er ja nicht, er spricht ja – nur bei uns spricht er jetzt nicht, bei Obermeiers hat er ja gesprochen.

Frau: Ja, bei Obermeiers – wir können doch nicht jedes Mal den Papagei zu Obermeiers bringen, wenn wir ihn sprechen hören wollen, da wäre es ja vernünftiger, du würdest den saudummen Vogel wieder zurückgeben.

Valentin: Er ist nicht saudumm, er kann sprechen, wenn er will – Lora, na so sag schön, wie du heißt.

Lora (*schweigt*)

Frau: Vielleicht ist er heiser?

Valentin: Unsinn! Vor einer Stunde, als ich ihn gekauft habe, war er ja auch nicht heiser.

Frau: Oder vielleicht ist ihm der Käfig zu klein?

Valentin: In demselben Käfig hat er doch bei Obermeiers auch gesprochen.

Frau: Es ist nur schade um das schöne Geld – hundert Mark – um hundert Mark hättest du ein schönes Grammola bekommen, das hätte unter Garantie gesprochen und gesungen und hätte sich sicher bei uns nicht fremd gefühlt.

Valentin: Lora – pass auf, da schau her, da habe ich ein Zuckerl – willst du ein Zuckerl! Er redet nicht und deutet nicht, ich könnte zum Fenster hinausschmeißen, diesen – diesen

Mistpapagei, diesen Mistigen, willst du nun endlich dein Maul aufmachen – ich meine, um diesen Preis braucht man nicht arrogant auch noch sein.

Frau: Aber ärgere dich nicht, mit Grobheit kannst du bei so einem Tier gar nichts erreichen.

Valentin: Ja, du hast recht, jetzt probiere ich es noch einmal, wenn du mir aber wieder keine Antwort gibst, dann fliegst du hinaus – also sag schön, wie heißt du?

Lora (*schweigt*)

Valentin: Weißt du was, mein lieber Papagei, jetzt kannst du mich …

Lora: Du mich auch.

Frau: Sieh da, er spricht.

Valentin: Jetzt ist es zu spät – nun möchte er sich wieder bei mir einschmeicheln.

Verfasst 1942; {9/213}

Neues vom Starnberger See

Fünf Meter von Starnberg abwärts liegt der Starnberger See. Am linken Ufer des Sees liegt eine »Leoni«, kurz genannt Leoni. Wie in Neuyork, so landen auch hier stündlich Dampfschiffe. Mit den Dampfschiffen nehmen alltäglich die Starnberger Dampfschiffseerundfahrten ihren werten Anfang. Die Rundreisebilletten auf den Dampfern sind aus Pappkarton, und wenn es regnet, ist meistens während der Fahrt die Aussicht auf das bayerische Gebirge wegen schlechter Aussicht nicht zu sehen. Der Starnberger See selbst ist melancholisch, was bei anderen Seen stets meistens auch immer hie und da sehr oft der

Fall ist. Einer alten Sage nach aus dem Jahre 1925 sollen sich vom Undosabad aus vorigen Sommer aus unbekannten Ursachen Tausende von Menschen in den See gestürzt haben; dieselben konnten sich aber Dank ihrer guten Schwimmkenntnisse alle selbst aus den Wellen befreien. Im selben Jahre ereignete sich auch noch ein anderer bedauernswerter Unfall. Ein Mann stieß mit dem Ruderboot, ungefähr 50 Meter vom Ufer entfernt, an eine grüne Schlingpflanze, sogenannte Wasserrose, an, das Schiff kippte um, und im Handumdrehen fiel der Mann in das in der Nähe befindliche Wasser. Breit und weit kein Mensch, der dem Ärmsten Hilfe bringen konnte, trotzdem er fortwährend um Hilfe schrie. Zufälligerweise kam ein Briefbote daher und bemerkte die Hilferufe des um Hilfe Schreienden. Statt nun wacker (nicht identisch mit Fußballklub Wacker) ans Rettungswerk zu schreiten, rief der hartherzige Briefträger dem Ertrinkenden die nicht minder harten Worte zu: »Ich kann Ihnen leider nicht helfen, da ich selbst nicht schwimmen kann, aber ich kann Ihnen die Adresse eines guten Schwimmlehrers mitteilen!«

Jeder Mensch ohne Ausnahme soll also in der heutigen Zeit schwimmen lernen, das finde ich unbedingt notwendig, damit er einen nicht Schwimmenkönnenden jederzeit aus dem Wasser retten kann. Aber eigentlich ist es auch wieder zwecklos, denn wenn jeder Mensch einmal schwimmen kann, braucht man ja keinen mehr retten. Also wäre es angebracht, dass jeder, der schwimmen kann, dasselbe sofort wieder verlernen soll. Ein weiterer Sport außer dem Ertrinken ist das sogenannte Fischen von lebenden Fischen. Dass die Fische gefangen werden müssen, leuchtet jedem ein, und das ist auch klar. Wäre im Starnberger See z. B. seit Gründung, oder besser gesagt seit dem vieltausendjährigen Bestehen desselben noch nie ein Fisch gefangen worden, so hätte sich diese Fische seit diesen Jahrtausenden so vermehrt, dass vielleicht mehr Fische im See wären als Wasser. Die Folge davon wäre, dass die Fische vor lauter Fischen nicht mehr schwimmen könnten, zu wenig Wasser hätten und daher nicht mehr existieren könnten. Nachdem aber im Starnberger See viel Wasser ist, bleibt die Frage offen, ob tatsächlich schon so viel Fische gefangen worden sind. Eine Kontrolle hierüber käme jetzt natürlich zu nachträglich. Das Fischen mit der Angel ist von vielen Seiten als Tierquälerei empfunden worden, hauptsächlich vom Fisch selbst. Einen Dieb fängt man ja auch nicht mit der Angel, sondern eben aus Humanität mit List und Schlauheit. Stellen wir uns einmal einen Schutzmann vor, der mit der Angel einen Dieb fangen will; der Schutzmann geht mit der Angel in eine Wirtschaft, in der er den Dieb vermutet, befestigt an dem spitzen Angelhaken ein Stück Schweinsbraten, hält diesen dem Dieb vor die Nase, der Dieb beißt an, und schon hat der den Haken in der Oberlippe. Das wäre eine Grausamkeit. Ist es bei einem Fischlein keine Grausamkeit? Eigentlich noch mehr, denn der Fisch ist ja unschuldig, weil er nichts gestohlen hat.

Über die Tiefe des Starnberger Sees gehen die Ansichten weit auseinander. Einige behaupten, er sei tiefer als lang, andere sagen, er sei länger als tief. Fachmännisch wurde genau berechnet, dass er tief, seicht, lang, kurz, schmal und breit zu gleicher Zeit ist. Die Tragkraft des Wassers wurde erst kürzlich von Ingenieuren geprüft und dabei die erfreuliche Tatsache festgestellt, dass die irrige bisherige Meinung »je tiefer das Wasser, desto mehr Tragkraft« nicht richtig ist. Eine Probe brachte den sicheren Beweis. Während ein faustgroßer Stein in der Mitte des Sees, also an der tiefsten Stelle rapid unterging, blieb ein ebenso großer Gummiball an der seichtesten Stelle auf der Wasserfläche liegen. Ob dieses Experiment eine Tragweite für die Zukunft bedeutet, wird uns die Zukunft beweisen.

Jedenfalls ersieht man daraus das fortwährende wissenschaftliche Tasten nach Problemen. Auf alle Fälle steht fest, dass, je weiter sämtliche Ufer eines Sees voneinander entfernt sind, desto größer sich also die Wasserfläche gestaltet. Ein See ohne Ufer wäre daher kein See mehr, denn einen uferlosen See hat es bis heute noch nicht gegeben. Dasselbe gilt auch für den Ammersee.

Geschichtliches ist vom Starnberger See nur noch zu berichten, dass der damalige bayerische Herzog der Pfiffige einen Antrag des Starnberger Bürgermeisters: »Errichtung einer Handelsflotte auf dem Starnberger See« schnöde abwies. Die heutigen noch existierenden Starnberger See-Salondampfer können nur noch in den Augen der Firmlinge »Gewaltiges« auslösen, denn für Weltreisende bedeuten dieselben nur mehr ein Lustspiel auf offener See. »Bei schönem Wetter« sagt der kleine Maxl, »ist es auf dem Starnberger herrlich, regnet es aber, so wird der See nass.« Über Starnberg selbst ist wenig zu berichten. Starnberg hat seinen eigenen Reiz und seinen eigenen Bahnhof, in welchem unsere neuen elektrischen Schnellzüge stehen. Bei den elektrischen Schnellzügen, die einen Gipfel der deutschen modernen Technik darstellen, haben sich die alten Gasfunseln (aus dem Jahre 1880 ungefähr) so gut bewährt, dass dieselben jetzt in den modernen Münchner Straßenbahnwagen statt der elektrischen Glühlampen eingeführt werden sollen. In Starnberg sind jetzt schon viele Fremde zu sehen, die aus München geflüchtet sind, wegen den unaufhörlichen chronischen Straßenbauarbeiten.

Soweit wäre über Starnberg alles berichtet. Nächsten Sonntagnachmittag um halb 21 Uhr findet im Starnberger See ein Karpfenrennen statt, mit darauffolgendem Brillantfeuerwerk. Zwölf zehnpfundige dressierte Karpfen schwimmen mit Motorboot und Musikbegleitung von Starnberg nach Seeshaupt; während dem Rennen ist der See für Fußgänger gesperrt.

Verfasst etwa 1925; {1/122}

Neuyork: frühere deutsche Bezeichnung von New York
Leoni: Ortsteil der Gemeinde Berg am Starnberger See
Lioner: eine Wurstsorte

Ohrfeigen

Valentin: Ha, da sind Sie ja, Sie gemeiner Kerl – seit Monaten suche ich diesen Schurken, der sich erlaubt meiner Frau heimliche Liebesbriefe zu schreiben – endlich habe ich Sie erwischt – hier haben Sie die Belohnung dafür – hier die zweite – Sie Schuft! – hier noch eine und dann noch eine – Sie Hochstapler Sie – nun haben Sie für Ihre Gemeinheit Ihren Tee bekommen – Sie Herr Otto Keilhauer.

Karlstadt: Wie kommen Sie dazu mich hier zu beohrfeigen? Erstens kenne ich Ihre Frau gar nicht und zweitens heiße ich nicht Otto Keilhauer, sondern Alois Freiberger.

Valentin: Waaas? Sie sind nicht der Herr Otto Keilhauer? Das ist doch nicht möglich? Sie sind wirklich nicht Otto Keilhauer – das tut mir aber leid – so eine frappante Ähnlichkeit – entschuldigen Sie vielmals!

Karlstadt: Halt – was heißt entschuldigen – so einfach ist die Sache nicht – Sie haben mich beleidigt und geohrfeigt.

Valentin: Gut – ich nehme die Beleidigungen mit größtem Bedauern zurück.

Karlstadt: Und die Ohrfeigen?

Valentin: Ja, die Ohrfeigen kann ich mit bestem Willen nicht mehr zurücknehmen, das ist technisch nicht möglich.

Karlstadt: Das sehe ich schon ein, aber ich kann Sie Ihnen wieder zurückgeben, das ist technisch möglich.

Valentin: Ja, das hat aber keinen Sinn, ich bin ja nicht der Otto Keilhauer, denn der hätte sie doch bekommen sollen.

Karlstadt: Ja ja, aber ich bin auch nicht der Otto Keilhauer, und Sie haben sie mir gegeben.

Valentin: Ja verstehen Sie mich denn nicht, lieber Herr, ich hab Sie Ihnen nur deshalb gegeben, weil ich der Meinung war, Sie seien der Herr Otto Keilhauer.

Karlstadt: Was heißt seien, wenn ich es nicht bin.

Valentin: Aber dafür kann doch ich nichts, wenn Sie dem so frappant ähnlich sehen.

Karlstadt: Ja, kann da ich was dafür?

Valentin: Nein, aber ich doch noch weniger.

Karlstadt: Schauen Sie sich das nächste Mal die Leute besser an, denen Sie Ohrfeigen geben wollen, dann kommt so etwas nicht vor.

Valentin: Das hätte ich auch gemacht, aber Sie sind so schnell an mir vorbeigegangen, dass ich Sie nur flüchtig sehen konnte.

Karlstadt: Ja, Sie Idiot, ich kann doch wegen Ihnen nicht langsam gehen, damit Sie genau erkennen, ob ich dieser Otto Keilhauer bin oder nicht.

Valentin: Dieses Geschwätz hat jetzt gar keinen Wert, ich hab mich bei Ihnen entschuldigt, und wegen der Ohrfeigen müssen wir uns halt einigen.

Karlstadt: Ich verklage Sie!

Valentin: Ach tun Sie das bitte nicht, denn da haben wir bloß noch Laufereien. Sie sagen mir, was Sie für eine Ohrfeige Schmerzensgeld verlangen, und das bezahle ich Ihnen!

Karlstadt: Gut, wieviel haben Sie mir gegeben?

Valentin: Soviel ich mich noch erinnere sechs Stück.
Karlstadt: Was bezahlen Sie mir für das Stück?
Valentin: Ich denke eine Mark.
Karlstadt: Sie unverschämter Kerl, für solche Prachtohrfeigen nur eine Mark, das ist Preisdrückerei, merken Sie sich das.
Valentin: Mehr kann ich unmöglich bezahlen.
Karlstadt: Gut, dann verklage ich Sie.
Valentin: Na, dann sagen wir für eine 1,50 Mark, sechsmal 1,50 sind neun Mark. Hier haben Sie neun Mark.
Karlstadt: Danke schön! Das war eigentlich schnell verdient. Da wird sich vielleicht der Herr Otto Keilhauer sehr ärgern, wenn er erfährt, dass Sie ihn mit mir verwechselt haben.

Verfasst 1937; {4/38}

Rhythmus und andere Probleme*

Aus: Theater in der Vorstadt

Kapellmeister (*fühlt seine Zähne – die wackeln – wütend*): Mit der Musik bin ich gar nicht mehr zufrieden, meine Herrn, von euch spielt jeder dahin wie er grad will.
Valentin: Auweh, jetzt müssen's wir büßen –
Kapellmeister: Keiner passt auf, keiner richtet sich nach mir, für was bin denn ich überhaupt da?
Valentin: Das haben wir uns auch schon oft gedacht.
Kapellmeister: Wenn auch ein Marsch nicht mehr recht modern ist, das macht gar nichts, man kann in die ältesten Noten etwas hineinmachen – etwas hineinlegen. Man muss halt einen gewissen Ding hineinbringen, wie heißt er denn

gleich – der Rhythmus gehört hinein, das ist die Hauptsache, der fehlt euch.

Valentin: Den kennen wir nicht, der war noch nie bei uns.

Kapellmeister: Ich spreche doch vom Rhythmus.

Valentin: Kennst du an Rhythmus, Anderl? – Nein, der kennt ihn auch nicht. Seinen Bruder kenn ich schon.

Kapellmeister: So ist's recht, der kennt an Rhythmus sein Bruder. – Wie sieht denn der aus, den möchte ich auch kennenlernen.

Valentin: So ein kleiner Dicker mit einem Spitzbart.

Kapellmeister: Der Rhythmus?????

Valentin: Nein, Reisberger heißt er – jetzt fällt's mir ein.

Kapellmeister: Da haben Sie sich wieder einmal richtig blamiert, nicht einmal die einfachsten musikalischen Ausdrücke wissen Sie. – Woher kommt das? Weil Sie nicht auf der Musikschule waren, Sie sind ja bloß in die Suppenschule gegangen.

Valentin: Da hab ich auch blasen müssen. – Sie 's Krawattl ist Ihnen heruntergerutscht –

Kapellmeister: Wo ist ein Krawattl heruntergerutscht?

Valentin: Ihnen.

Kapellmeister: Wo innen?

Valentin: Ihnnnen – außen – da.

Kapellmeister: Ach so, außen – da sagt er innen, der Depp – ich weiß schon, das ist mir heut schon ein paarmal heruntergerutscht, weil mir das Kragenknöpferl abgebrochen ist, die ganze Mechanik ist kaputt, deshalb steht's immer auf.

Valentin: In der Früah?

Kapellmeister: Ach was – ich brauchte bloß ein anderes Kragenknöpferl, dann wär gleich a Ruh – hat niemand von den Herrn ein Kragenknöpferl da, bitte, schaun S' amal nach!

(*Alle Musiker schauen nach.*)

Valentin: Der Sedlmeier hat eins, der hat immer eins dabei.

Kapellmeister: Sedlmeier, bitte schön – wo ist denn der?

Valentin: Der ist heut nicht da!

Kapellmeister: Dann nützt es mich doch nichts.

Valentin: Aber er tät eins haben.

Kapellmeister: Das hat doch für mich keinen Wert, wenn er nicht da ist.

Valentin: Ja, ich hätte schon eins, wenn Ihnen das genügt?

Kapellmeister: Sie haben eins? Dann leihn Sie mir's bitte, Sie kriegen's hernach.

Valentin: Ach, wegen dem Kriegen – aber wenn ich das raustu, dann rutscht halt mir der Kragen raus.

Kapellmeister: Das verlangt doch kein Mensch von Ihnen, ich hab gemeint, ob nicht einer ein Reserveknöpferl hat.

Valentin: Ja, woher denn –

Kapellmeister: Na ja, es wird so auch gehen, jetzt hält es schon.

Valentin: Ist schon wieder herausgegangen.

Kapellmeister: Ich weiß es schon, hörn S' nur einmal auf, ich kann mich doch nicht aufhängen deshalb.

Valentin: Warum nicht?

Kapellmeister: Das tät Ihnen so passen. – Also, jetzt fangen wir an – ich erkläre Ihnen nochmal, der Marsch muss jetzt so gespielt werden, wie ich dirigiere.

Valentin: So können wir nicht spieln wie Sie dirigieren, da kriegen wir fünf Jahr wegen groben Unfug.

Kapellmeister: Das werden wir schon sehen, der Marsch muss genau so gespielt werden, wie ich es haben will – jetzt fangen wir einmal an, und wenn's nichts ist, dann hören wir wieder auf.

Valentin: Hörn wir gleich auf.

Kapellmeister: Hier sind Ihre Noten. (*Legt ihm die Noten waagrecht auf das Pult.*)

Valentin: Also, jetzt blasen wir genau so, wie er dirigiert, das gibt a Gaudi.

[...]

Verfasst etwa 1928; {5/28}

Schwester schaut gut aus!*

Aus: Theater in der Vorstadt

Valentin (*zum Kapellmeister*): Sie, – Ihre Schwester schaut aber jetzt gut aus, Herr Kapellmeister!

Kapellmeister: Ja, – die hat sich wieder gmacht! – der geht's wieder ganz gut – – – Kennen Sie meine Schwester? – – –

Valentin: Nein! –

Kapellmeister: Wie können S' dann sagen, dass s' gut ausschaut??

Valentin: Ja, der Alfons, glaub i, kennt s'!

Alfons: Ah – woher, i kenn s' a net!! –

Kapellmeister: Was reden Sie dann für einen Mist daher?!? – –

Valentin: Ja, – i hab mi auf *den* verlassen, – i hab gmeint, der muss sie kenna!!

Verfasst etwa 1928; {5/324}

Streit mit schönen Worten

Sie: Mei Ruh lass mir!

Er: Du mir auch!

Sie: Ich weiß schon, wieviel es gschlagen hat!

Er: Ich auch!

Sie: A anderer Mann geht auf d'Nacht in sein Wirtshaus und kommt in der Früh heim; aber das ist ja dir alles fremd, du fühlst dich ja nur am häuslichen Herd glücklich!

Er: Du hockst ja auch lieber daheim bei mir!

Sie: Ja, wenn du es nur einsiehst!

Er: Du hast mir noch jede Stunde meines Lebens verschönt!

Sie: Du mir genauso; und wenn ich noch so betrübt war, so warst es du, der mir jeden Wunsch von den Augen absah!

Er: Ja, weißt du noch, wie wir damals in jener Sommernacht allein auf einer Bank saßen; du wolltest noch bleiben, und ich wollte noch bleiben, und dann kam der Schutzmann, der uns dann fragte, was wir denn da wollen.

Sie: Ja, und dann warst du es, der gesagt hat, ach lassen Sie uns doch allein!

Er: Ja, das weiß ich noch, aber Gott sei Dank war der Schutzmann dann vernünftiger und ist gegangen.

Sie: Drum sag ich es 1000-mal: hätte ich nur einen anderen kennengelernt als dich, was hätt ich denn an einem andern gehabt: nichts als Verdruss und Ärger!

Er: Ach, wenn man dich so ansieht – – – du bist ja so eine – – – ach – – – ich kann mich gar nicht ausdrücken – – so ein – – – dass ich dir gleich stundenlang in die Augen schauen könnte!

Sie: Du kannst natürlich nichts als einem Sachen ins Gesicht schleudern, die leider wahr sind! Aber meine liebe Frau

Schwiegermutter ist ja dieselbe wie ihr Herr Sohn; die kann ja auch sonst nichts, als mir recht schön ins Gesicht tun und hinter meinem Rücken lobt sie mich, wo sie mich nur loben kann! Aber da bin ich ihr gut genug, dass ich ihr meine ganze Wäsche waschen lasse, alle Näharbeiten lass ich ihr zukommen, ohne einen Pfennig zu verlangen; da ist man dann die Schwiegertochter hinten und vorne! Zum Weihnachtsfest alle Jahre hab ich von ihr die schönsten Präsente angenommen, ohne ein Wort zu sagen; aber das ist, scheint's, alles vergessen!

Er: Aber meiner lieben Schwiegermutter fehlt auch nichts! Wie oft hab ich einen kleinen Seitensprung gemacht, bei dem sie mich ertappte – nichts hat sie dir davon gesagt! Verheimlicht hat sie dir alles!

Sie: Das sind ja unplumpe Vertraulichkeiten! Das sagst du ja nur zu mir, dass ich dich noch lieber haben sollte, als ich dich sowieso schon habe. Mit derlei Sachen kannst du mich nicht aus der Ruhe bringen, und wenn du mir's nicht zu bunt machst, dann pack ich meine sieben Zwetschgen zusammen und bleibt erst recht bei dir!

Er: Du darfst dich nicht beklagen, denn so gemeint war es ja nicht (*haut mit der Faust auf den Tisch*). Ich verbitte mir nun endlich deine Zudringlichkeiten! Ich hab dir heute schon mindestens 100 Küsse gegeben, und mehr braucht eine Frau nicht an einem Tag!

Sie: Das ist eine unverschämte Lüge von dir; du bist ein ganz gewalttätiger Mensch; das hat sich an meinem Namenstag gezeigt, als du mir den teuren Pelzmantel gekauft hast und ich wollte nur einen gewöhnlichen Lodenmantel.

Er: So, jetzt machst du mir noch Vorwürfe, aber ich werde es mir merken! Zu deinem Geburtstag bekommst du von mir für deine impertinente Bescheidenheit 500 Mark, dann kannst du dir kaufen, was du willst; dann brauch ich mich wenigstens nicht mehr freuen über deine Dankbarkeit!

Sie: Ja ja, jetzt kommt natürlich wieder der Vorwurf, das bin ich ja an dir schon gewöhnt! Ich verbitte mir ab heute von dir jede Unzudringlichkeit – sonst werde ich dir den Himmel kalt machen, es heißt zwar: die Hölle heiß machen, aber bei dir ist das alles fruchtlos!

Er: Eleonore, sei doch vernünftig! Wollen wir uns doch wieder vertragen! Wozu immer diese aufregenden Schmeicheleien!? Sagen wir uns doch lieber in aller Ruhe die Gemeinheiten direkt ins Gesicht!

Sie: Ja, du saudummer Kerl, da hast recht! Da bin ich sofort damit einverstanden!

Er: Na also, du Rindvieh, du depperts! Siehst, es geht auch so!

Verfasst 1940; {4/102}

Valentiniade!

Valentin sitzt im Hofbräuhaus – ein Herr kommt auf ihn zu und jammert ihm vor, dass sein Geschäft nicht gut gehe, er bräuchte halt einen kleinen Nebenverdienst.

Valentin: Ich weiß Ihnen einen Nebenverdienst, da denken S' Ihnen einen recht saublöden Witz aus, über den kein Mensch lachen kann, den schreiben S' auf, schicken S' denselben an eine Zeitung und Schreiben S' dazu: »Neueste Valentiniade«. Dann kriegen S' schon a paar Markl.

Herr: Ja, darf i denn dös machen, wenn der Witz gar nicht von Ihnen is?

Valentin: Warum nicht? Diese Valentiniaden sind ja alle nicht von mir und heißen doch »Valentiniaden«!

Verfasst ab 1920 bis etwa 1945; {7/131}

Vergesslich

Valentin: Ah, eine gute Bekannte, die Frau … no, jetzt weiß ich Ihren Namen nicht mehr.

Karlstadt: Das sieht Ihnen wieder ähnlich, wir haben aber doch so lange in einem Haus gewohnt, in der Dingsstraße …

Valentin: Ja stimmt, freilich, freilich, die Frau Schweighofer sind Sie!

Karlstadt: Nein, nein, im Gegenteil, ein ganz kurzer Name …

Valentin: Jetzt hab ich's: die Frau Lang!

Karlstadt: Nein, nein, ein kurzer Name ist es doch! – Ich könnt's Ihnen schon sagen!

Valentin: Frau Mayerhofer!

Karlstadt: Jaaaa, ganz richtig! Und Sie sind Herr Hofmayer!

Valentin: Ja stimmt! Wissen Sie noch, wie wir die beiden Namen immer am Anfang verwechselt haben? – Ja ja, Frau Mayerhofer, es ist gut, dass ich Sie eben treffe, ich wollte Ihnen etwas Wichtiges sagen und jetzt weiß ich momentan nicht, was – ddddd – was war denn das?

Karlstadt: Ja, das geht mir auch oft so!

Valentin: – ddddd – was war das nur? – Hm hm hm, es ist zum Kotzen!

Karlstadt: War es was Geschäftliches?

Valentin: Nein, nein, es war …, weil ich mir auch noch dachte, das muss ich Ihnen sagen, wenn ich Sie treffe.

Karlstadt: Ja lieber Gott, man wird eben älter und damit auch vergesslicher!

Valentin: Das stimmt! – – Was wollt ich nur sagen?! – – Fällt mir nicht mehr ein.

Karlstadt: Mir geht's auch so; ich war gestern in – – – no – – – no – – – no – – – no – – – wo war das gleich?! – – – – In ddddd – – –

Valentin: Daheim?

Karlstadt: Nein, nein, – in Daheim war ich nicht, in – – – no – – – –, sagn S' mir's doch!

Valentin: Ich hab keine Ahnung, wo Sie waren!

Karlstadt: Ja, das glaub ich schon, dass Sie das nicht wissen, ich weiß es ja selber nicht! – – – In – – – nun ja, es ist ja Nebensache, – und da habe ich geschäftlich zu tun gehabt; da sollte ich, – da sollte ich – – –

Valentin: Genau so geht's mir auch immer; da lauf ich oft daheim ins andere Zimmer hinüber, und wenn ich drüben bin, weiß ich nimmer, was ich wollte.

Karlstadt: Ich bin einmal zu einem Arzt gegangen wegen meiner Vergesslichkeit, und wie ich beim Arzt war und der fragte mich, was mir fehlt, – meinen Sie, mir wär's noch eingfallen! – Da hab ich ganz vergessen, dass ich wegen meiner Vergesslichkeit zu ihm gegangen bin.

Valentin: Man soll sich alles aufschreiben, dann vergisst man's nicht.

Karlstadt: Das hab ich auch schon probiert – das kann ich nicht!

Valentin: Warum nicht?

Karlstadt: Weil ich immer vergess, dass ich einen Bleistift mitnehm und a Papier.

Valentin: Einmal hab ich etwas nicht vergessen. Da hab ich mir was Wichtiges merken wollen, dann hab ich mir gesagt: Ach, dös hat gar keinen Wert, wenn ich mir das merken will, denn das vergess ich es ja doch! – und was meinen Sie? – Ich hab mir's gemerkt!

Karlstadt: Ja, und was war das?

Valentin: Jetzt weiß ich's nimmer!

Verfasst 1940; {4/70}

Verstehst nix von der Politik

A.: Wennst nix von der Politik verstehst, nacha redst net so saudumm daher – dös hoaßt net Komponist, sondern Kommonist.

B.: Kommonist?

A.: A Komponist is ja a soichana, der zum Beispiel an »Tölzer Schützenmarsch« komponiert hat.

B.: Na! Dös is net wahr, an Tölzer Schützenmarsch hat – dös woaß i zufälligerweis – a Gastwirt von Tölz komponiert.

A.: Is ja verkehrt – Du moanst ja musiziert.

B.: Na! – Oana der wo a Musi macht, is koa Komponist, – dös is a Musikant.

A.: Na – der wo die Musi spielt, is a Musikant.

B.: Du spinnst ja – dann war ja mei Radio dahoam a a Musikant, der spielt a oft a Musi.

A.: Du redst no grad so dumm daher wia damals im Weltkrieg 1914 – da hast a daher politisiert und hast allaweil vom Bierverband anstatt von Vierverband daher gredt.

B.: Aber du hast a nix verstanden, weilst damals gmoant hast, die Entente dös war das hintere Ende von einer Ente.

A.: Geh, du Sprüchmacher – Wie saudumm hast di damals

gstellt beim Wählen, wost zu mir gsagt hast, i wähl einen Konditor statt einen Kandidaten und wie du zu mir gsagt hast – für an Kaminkehrer is jetzt a harte Zeit, weil wenn der an Radio hört, is er a Schwarzhörer.

B.: Dös hab i doch nur aus Gaudi gsagt.

A.: A Gaudi – hast vielleicht da a a Gaudi gmacht, wia du gsagt hast, dei Schwager ist Strumpfbandführer worn, statt Sturmbannführer.

B.: Da hab i mi ja nur versprochen.

A.: Dass du für dei Alter no so saudumm bist, da hab i heut noch den Beweis. Kannst dich noch erinnern, wia am Anfang vom Kriag die Verdunklungsvorschriften in der Zeitung gstanden san, da hab ich zu dir gsagt, dass im Englischen Garten Plakat angschlagn sind mit der Aufschrift: Das Herumschwirren von Glühwürmchen ist bei eintretender Dunkelheit polizeilich verboten. – Dann bist am andern Tag mit Deinm Radl nuntergfahrn, weilst'as net glaubt hast.

B.: Ja, weil i anstatt Glühwürmchen Glühlämpchen verstanden hab.

A.: Geh, geh, geh, geh, geh, geh, geh! – Glühlämpchen hast du verstandn, als wia wenn im Englischen Garten Glühlämpchen umanandaschwirren tatn.

B.: Mhm. – Du brauchst koa Angst hab, dass dir oana d'Weltmeisterschaft im Blödsei streitig macht! Kannst dich no erinnern, wia damals auf der Insel Kreta die Fallschirmspringer gelandet san – da hast du zu mir gsagt, ob's auf dera Insel allaweil regnen tut, weil die Fallschirmspringer alle an Schirm dabei ghabt ham.

A.: Du hast ja aa damals Blödsinn daher geredt, wiast gsagt hast, da Hitler hat a Glück ghabt, dass er net Adolf Kräuter ghoaßn hat, sonst hättn ma schrein … »müassn« Heil Kräuter!

B.: Aber die ganze politische Anschauung is ja nur a Kas gwesn, denn wenn's nach deiner Ansicht ganga wär, hättn mir den Kriag verlorn.

A.: Mir ham ihn ja verlorn!

B.: Dös woaß i scho! Ja moanst du, dass du alloa bloß an Kas daher gredt hast?

Verfasst etwa 1945; {4/209}

Wie heißt der Notenwart?

(Musiker stimmen ihr Instrumente, 4 Mann Blechmusik. Ort: ein Wirtschaftsgarten. – Bombardonist: Karl Valentin. C-Trompeter: Herr Rot. Klarinettist: Frl. Karlstadt. Posaunist: Herr …)

Valentin: Also, spiel ma wieder oan, dass d'Zeit vergeht!

Karlstadt: Habt ihr die Noten schon ausgeteilt?

Rot: Freilich!

Valentin: Also los! Lass die Klänge klingen!

(Jeder von den vier Musikanten bläst nun ein anderes Stück – der eine eine Mazurka, der andere einen Walzer, der dritte ein Lied und der vierte einen Galopp. – Nach einigen Takten hören alle wieder auf, und Valentin sagt:)

Valentin: Ja, was is denn dös für ein Verhau! – Da spielt ja jeder was anders, dös is ja 's reinste vielharmonische Orchester! I sag's ja, seit wir keinen Notenwart mehr haben, klappt's bei uns nimmer; schad, dass er nicht mehr bei uns is, der … no – wia hat denn unser Notenwart ghoaßen? … no der … jetzt fallt mir sein Name nicht mehr ein!

Karlstadt: Der Gallinger Schorschl!

Valentin: Gallinger hat er nicht ghoaßen – der Gallinger war ja so ein Großer – der Dings war ja nicht groß – – –

Karlstadt: Wer?

Valentin: No ja, den wo ich meine …

Karlstadt: Ich *weiß* ja nicht, wen du meinst …

Valentin: Um das handelt es sich doch, weil wir nicht wissen, wie der heißt.

Karlstadt: Ja, *ich* weiß doch nicht, wie der heißt!

Valentin: Ja, dös weiß ich schon, dass du das nicht weißt; wir wissen's ja auch net.

Karlstadt: Ja, wie könnt ma jetzt dös wissen, wie der heißt!

Valentin: Am sichersten wird's er selbst wissen, wie der heißt! – Wisst ihr was? Wir schreiben ihm eine Postkarte!

Alle: Ja, dös tun wir!

Valentin: Ja, aber – – – wenn wir nicht wissen, wie er heißt, können wir ihm doch net schreiben!

Rot (*besinnt sich – Pause*): Hat er net Ott gheißen?

Valentin: Na na, Ott hat er nicht gheißen; so viel ich mich erinnere, war es ein ganz kurzer Name!

Karlstadt: Ott *ist* doch ein kurzer Name!

Valentin: Ott ist zu kurz; unser Notenwart hat so ähnlich gheißen wie unser früherer Posaunist, der …, jetzt weiß ich dem sein Namen auch nicht mehr!

Karlstadt: Eisele.

Valentin: Na na, so hat unser Posaunist nicht gheißen; das war kein so metallischer Name wie Eisele, im Gegenteil, so ein hölzerner Name!

Alle: *Holzinger*! – Gott sei Dank, dass wir wenigstens dem sein Namen wissen! – Aber – wie der Notenwart gheißen hat, ob uns dös noch einfallt?

Wirt (*schreit von hinten auf Musikpodium hinauf*): Macht doch eine Musik, ich zahl Euch doch net fürs saudumme Daherreden!

Valentin (*schreit zum Wirt hin*): Es handelt sich um den Namen von unserem früheren Notenwart! – Der Name fällt uns nicht mehr ein – net ums Verrecka!

Wirt: Das ist doch wurscht, wie der gheißen hat!

Valentin: Ja, *Ihnen* schon, aber uns ist's nicht wurscht! Ihnen is schließlich auch net wurscht, ob Sie Magdalena oder Blasius heißen!

Wirt: Das Publikum will nicht Euer Geschnatter hören, sondern ein Konzert.

Valentin: Also, fang ma an! (*Doppel-Adler-Marsch wird geblasen – Mitten unter dem Marsch hört Valentin plötzlich auf und schreit.*)

Valentin: Aufhören! – Jetzt is mir's eingfallen, wie unser Notenwart gheißen hat! *Pfaffinger* hat er gheißen!!!

Alle: *Stimmt*! – Ja, Pfaffinger hat er gheißen! (*Alle blasen wieder weiter.*)

Wirt: Weiterspielen!

Valentin (*als der Marsch zu Ende ist, besinnt er sich einige Sekunden und sagt*): Nein! – Nein! Da hab ich mich getäuscht! – Pfaffinger hat er auch net gheißen!

Alle: Jawohl, *Pfaffinger* hat er gheißen, das wissen wir *ganz* bestimmt!

Valentin: – – – Sein *Bruder* hat Pfaffinger gheißen!

Karlstadt (*alle lachen*): Rindviech, wenn sein Bruder Pfaffinger gheißen hat, dann heißt doch er *auch* Pfaffinger!

Valentin: Na!!! – Dös war ja sein Stiefbruder!!!

Verfasst 1941; {3/122}

Wo ist meine Brille?

Mann: Klara! – Ich finde meine Brille nicht. Weißt du, wo meine Brille ist?

Frau: In der Küche hab ich sie gestern liegen sehen.

Mann: Was heißt gestern, vor einer Stunde hab ich doch noch gelesen damit.

Frau: Das kann schon sein, aber gestern ist die Brille in der Küche gelegen.

Mann: So red doch keinen solchen unreinen Mist, was nützt mich denn das, wenn die Brille gestern in der Küche gelegen ist!

Frau: Ich sag dir's doch nur, weil du sie schon ein paar Mal in der Küche hast liegen lassen.

Mann: Ein paar Mal! – Die habe ich schon öfters liegen lassen, – wo sie jetzt liegt, das will ich wissen!

Frau: Ja, wo sie jetzt liegt, das weiß ich auch nicht; irgendwo wird s' schon liegen.

Mann: Irgendwo! Freilich liegt s' irgendwo, – aber wo, – wo ist denn irgendwo?

Frau: Irgendwo? Das weiß ich auch nicht – dann liegt s' halt wo anders!

Mann: Wo anders! – Wo anders ist doch irgendwo.

Frau: Ach red doch nicht so saudumm daher, wo anders kann doch nicht zu gleicher Zeit »wo anders« und »irgendwo« sein! – Alle Tage ist diese Sucherei nach der saudummen Brille, das nächste Mal merkst Dir halt, wo du sie hinlegst, dann weißt du, wo sie ist.

Mann: Aber Frau!!! So kann nur wer daherreden, der von einer Brille keine Ahnung hat. Wenn ich auch weiß, wo ich sie hingelegt hab, das nützt mich gar nichts, weil ich doch nicht sehe, wo sie liegt, weil ich doch ohne Brille nichts sehen kann.

Frau: Sehr einfach! Dann musst du eben noch eine Brille haben, damit du mit der einen Brille die andere suchen kannst.

Mann: Hm!! Das wär ein teurer Spaß! 1000 Mal im Jahr verleg ich meine Brille; wenn ich da jedes Mal eine Brille dazu brauchte, – die billigste Brille kostet 3 Mark – das wären um 3000 Mark Brillen im Jahr.

Frau: Du Schaf! Da brauchst du doch nicht 1000 Brillen!

Mann: Aber zwei Stück unbedingt, eine kurz- und eine weitsichtige. – Nein, nein, da fang ich lieber gar nicht an. Stell dir vor, ich habe die weitsichtige verlegt und habe nur die kurzsichtige auf, die weitsichtige liegt aber weit entfernt, sodass ich die weitsichtigentferntliegende mit der kurzsichtigen Brille nicht sehen kann!

Frau: Dann lässt du einfach die kurzsichtige Brille auf und gehst so nah an den Platz hin, wo die weitsichtige liegt, damit du mit der kurzsichtigen die weitsichtige liegen siehst.

Mann: Ja, ich weiß doch den Platz nicht, wo die weitsichtige liegt.

Frau: Der Platz ist eben da, wo du die Brille hingelegt hast!

Mann: Um das handelt es sich ja! – Den Platz weiß ich aber nicht mehr!

Frau: Das verstehe ich nicht. – – – Vielleicht hast du s' im Etui drinnen.

Mann: Ja!!! Das könnte sein! Da wird sie drinnen sein! Gib mir das Etui her!

Frau: Wo ist denn das Etui?

Mann: Das Etui ist eben da, wo die Brille drinnen steckt.

Frau: Immer ist die Brille auch nicht im Etui.

Mann: Doch! – Die ist immer im Etui! –, außerdem ich hab s' auf.

Frau: Was? – Das Etui?

Mann: Nein! – Die Brille.

Frau: Jaaaaa! Was seh ich denn da? – Schau dir doch einmal auf deine Stirne hinauf!

Mann: Da seh ich doch nicht hinauf.

Frau: Dann greifst du hinauf! – – Auf die Stirne hast du deine Brille hinaufgeschoben!

Mann: Ah! – Stimmt! – Da ist ja meine Brille! – Aber leider!? (*Sehr schnell*)

Frau: Was leider?

Mann: Ohne Etui!

Verfasst 1937; {4/47}

»Es ist schon alles gesagt, nur noch nicht von allen«

Eine etwas andere Sicht der Wirklichkeit

Am Fußball-Platz

Karlstadt: Prost! Valentin!

Valentin: Prost! (*Gläserklirren*)

Karlstadt: Weil wir grad vom Sport reden, ich hab einmal ein Fußballspiel gesehen, also ich sag dir – Klasse!

Valentin: So so, ich hab auch noch keins gesehn.

Karlstadt: Nein, du verstehst mich nicht, ich hab erst kurz eins gesehn.

Valentin: So so, das ist sehr interessant!

Karlstadt: Wieso? Hast du auch schon eins gesehn?

Valentin: Ich nicht!

Karlstadt: Warum sagst dann, das ist interessant?

Valentin: Nein, ich meine, das ist interessant, dass du schon eins gesehn hast, das interessiert mich auch; erzähl mir was davon.

Karlstadt: Ja mei, das ist schwer zu erzählen. Stell dir einmal einen riesengroßen freien Platz vor. Das ist natürlich in diesem kleinen Raum da herinnen schwer vorstellbar.

Valentin: Na ja, dann gehn wir halt ins Freie hinaus.

Karlstadt: Nein nein, das braucht's nicht, du brauchst nur ein wenig Phantasie aufbringen, dann geht's schon! – Also – – eine Riesenfläche – und um diese Riesenfläche herum ist eine Tribüne.

Valentin: Ah! So wie im Nationaltheater?

Karlstadt (*Pause*): Wieso? – Im Nationaltheater?

Valentin: Da haben s' auch eine.

Karlstadt: Was haben s' da?

Valentin: So eine Drehbühne.

Karlstadt: Ah, eine Drehbühne; ich red ja von einer Tribüne.

Valentin: Triebüne, ach so, ich hab's falsch ausgesprochen.

Karlstadt: Na, was du meinst, heißt schon Drehbühne, aber ich mein a Tribüne.

Valentin: Ist das wieder was anders?

Karlstadt: Freilich! – A Drehbühne ist rund, a Tribüne – – is amphibisch. Und auf den Fußballspielplätzen sind Tribünen und auf so einer Tribüne tat ich sassen.

Valentin: Was hast getan?

Karlstadt: Gesasst bin ich, also auf Deutsch, ich bin gesessen. Das Spiel sollte um 3 Uhr beginnen, aber es war schon 3 ¼ Uhr, da schrie ich aus Langweiligkeitsgründen: »Los!« Da kam ein Sanitätsmann auf mich zu und sprach: »Wer wünscht hier Los? – Ziehung unwiderruflich am 1. April.«

Valentin: Und wie war das Fußballspiel?

Karlstadt: Großartig! Der Mittelstürmer hat a Flanke nach links nausgebn – der Linksaußen hat den Ball gestoppt – ist die Linie entlang gsaust, hat in der Mitte gflankt, der Mittelstürmer is in d' Höh gsprunga und hat den Ball unhaltbar für den Torwart neiköpft. In den Torwart hab ich mein ganzes Vertrauen gsetzt ghabt! – Robinsonaden hat er gmacht – die warn schon fabelhaft – aber leider! – immer ins verkehrte Eck. Entweder hat der an dem Tag gschiagelt oder er hat an Dreck in de Augn ghabt.

Valentin: Ja ja, dann kann man ihm natürlich schon einen Vorwurf vorwerfen.

Karlstadt: Schad, dass du net draußen warst.

Valentin: Ja, ich wollt hinaus, aber ich hab ghört, dass da 35 000 Menschen draußen sind und da hatte ich keine Lust mehr. Sowie's amal mehr als 30 000 Zuschauer sind, fühl ich mich etwas beengt – dann krieg ich Platzangst – also in dem Fall: Fuß – angst – ball – platz, ah – Fuß – platz – angst – ball, nein: Platz – fuß – angst – ball, ah: *Fuß – ball – platz – angst!*

Verfasst 1938; {4/51}

Der Vogelhändler

Karlstadt: Grüß Gott – ah Sie sind der Ausgeher von der Vogelhandlung.

Valentin: Sind Sie zu Hause?

Karlstadt: Ich wart schon so lange auf Sie, ich hab schon geglaubt, Sie kommen nicht mehr.

Valentin: Da ist der Kanarienvogel samt Käfig und da ist die Rechnung.

Karlstadt: Das ist recht – wo ist denn der Hansi? – Der Käfig ist ja leer, wo ist denn der Vogel?

Valentin: Der muss schon drin sein.

Karlstadt: Was heißt, muss drin sein, es ist aber keiner drin.

Valentin: Dös ist ja ausgeschlossen, ich bring Ihna doch net an leeren Käfig.

Karlstadt: Ja bitte schaun S' doch selber nein.

Valentin: Da brauch ich gar net neinschaun, mir ham doch schließlich a reelles Gschäft, was glauben Sie, was die Kunden sagen täten, wenn wir überall an leeren Käfig hinbringen würden, und noch dazu ohne Vogel. Unsere Kundschaften werden richtig bedient, da fehlt sich nichts.

Karlstadt: Was heißt, fehlt sich nichts, natürlich fehlt was – der Vogel fehlt.

Valentin: Da müsst er mir beim Transport jetzt ausgekommen sein, dass das Türl offen war.

Karlstadt: Reden S' doch nicht, das Türl kann nicht offen gewesen sein, das ist ja zu.

Valentin: Dös is zu?

Karlstadt: Natürlich!

Valentin: Dann muss er drin sein.

Karlstadt: Er ist aber nicht drin.

Valentin: Frau, das ist unmöglich, bei einer geschlossenen Tür kann kein Vogel raus.

Karlstadt: Aber in dem Fall muss er doch rausgekommen sein, sonst wär er ja drin.

Valentin: Drin muss er sein, da gibt's gar koan Zweifel. Schaun S' amal auf d'Rechnung nauf, ob er auf der Rechnung steht.

Karlstadt: Ja, da steht freilich: – – Ein Käfig mit Vogel 13,-- Mark.

Valentin: No also, da sehn Sie's, glauben Sie mein Prinzipal würde Ihnen eine Rechnung schreiben »Käfig mit Vogel 13.,-- Mark« und würde Ihnen statt an Käfig mit Vogel nur einen Käfig allein liefern? Der Käfig allein nützt Ihnen nichts, und der Vogel allein nützt Ihnen auch nichts – das ghört zusammen wie a Suppn ohne Salz.

Karlstadt: Was macht man jetzt da?

Valentin: Ja, ich muss die Rechnung einkassieren – 13,-- Mark macht alles zusammen.

Karlstadt: Was heißt da: Alles zusammen?

Valentin: Ja, der Käfig und der Vogel.

Karlstadt: Vogel war doch keiner drin, ich bezahle doch nicht, was ich nicht vollständig bekommen habe.

Valentin: Ja, dann nehme ich die ganze Ware wieder mit.

Karlstadt: Die ganze Ware ist gut, Sie können ja nur den Käfig mitnehmen, Vogel war ja keiner drin.

Valentin: Frau, der Vogel muss drin gewesen sein.

Karlstadt: Na, wo wär er denn dann hingekommen?

Valentin: Das ist mir gleich, auf der Rechnung steht: Käfig mit Vogel 13,-- Mark.

Karlstadt: Da müssen Sie mir aber zuerst einen Käfig mit Vogel bringen.

Valentin: In diesem Fall nun nicht Frau, da brauchte ich doch nur mehr den Vogel bringen.

Karlstadt: Wieso nur den Vogel? Ich brauch doch einen Käfig auch dazu!

Valentin: No ja, an Käfig ham S' doch schon, Sie werden doch nicht behaupten, dass der Käfig auch ausgekommen ist.

Karlstadt: Reden Sie doch nicht, der Käfig ist freilich da, Sie brauchen mir nur noch den Vogel dazu liefern.

Valentin: Einen Vogel allein liefern wir ja nicht – nur immer zusammen – Käfig mit Vogel.

Karlstadt: Ja, mir haben Sie den Käfig allein geliefert, ohne Vogel.

Valentin: Aber auf der Rechnung steht: Käfig mit Vogel – Bitte Käfig mit Vogel.

Karlstadt: Ich bin doch nicht verpflichtet, dass ich ihr saudummes Gschwätz anhör. (*Bum – schlägt die Türe zu.*)

Valentin: Jetzt hat S' mir d'Tür vor der Nasn zuaghaut – ich kann's der Frau auch wirklich nicht verdenken, denn es ist wirklich kein Vogel drin – aber auf der Rechnung steht tatsächlich: Käfig mit Vogel!

Verfasst 1940; {4/77}

Grammophongebrauchsanweisung

Vorwort: Meine Damen und Herrn!
Wenn Sie sich eine neue Nähmaschine oder einen Staubsauger kaufen, dann bekommen Sie in dem betreffenden Geschäft eine gedruckte Gebrauchsanweisung dazu. Wenn Sie sich aber einen Grammophon kaufen, dann ist eine gedruckte Gebrauchsanweisung überflüssig, weil ein Grammophon der einzige Gegenstand auf der Welt ist, der selbst sprechen kann. Einen Moment, der Grammophon hat das Wort:

Gestatte mir, dass ich mich vorstelle. Mein Name ist Grammophon, Grammola, Sprechmaschine oder wie du mich heißen willst, das ist mir wurscht. Ich möchte hier denjenigen, die noch nicht wissen, wie man eine Sprechmaschine behandelt, meine eigene Gebrauchsanweisung sagen.

Nachdem du mich in irgendeinem Geschäft gekauft und hoffentlich auch bezahlt, und gut nach Hause gebracht hast, stellst du mich bitte in deiner Wohnung in irgendeinen würdigen Raum – aber bitte, ja nicht ins WC –.

Nachdem ich aus Holz bin, darfst du mich begreiflicherweise nicht neben einen heißen Ofen stellen, da sonst mein ganzer Körper aus dem Leim geht. Wenn du mich zu hören wünschst, dann stecke mir die Kurbel in das Loch, welches sich bei mir an der Rückwand befindet, und ziehst mich damit auf. Ist dies mit Vorsicht geschehen, legst du mir eine gute Schallplatte auf meinen Rücken.

Über dem Drehteller, an einem beweglichen Arm, befindet sich die Membrane. Diese Membrane besteht aus M-e-m-b-r-a-n-e.

In dieselbe steckst du mir eine Grammophonnadel, aber bitte ja keine gebrauchte oder gar einen verrosteten Nagel, sondern stets eine neue Nadel. Dann lässt du das Werk anlaufen und setzt die Membrane sanft auf die Schallplatte, und zwar am äußern Rand, ja nicht in die Mitte, denn sonst würde ich von hinten anfangen.

Sobald nun die Platte spielt, brauchst du nichts mehr zu tun, als zu horchen, und zwar so lange, bis du nichts mehr hörst. Hörst du also nichts mehr, kannst du zwar trotzdem weiter horchen, so lange du willst, aber wie gesagt, es ist sinnlos. Weil wir gerade vom Horchen sprechen, will ich dir einen guten Rat geben. Horche nur am Grammophon, niemals an der Wand. Das alte Sprichwort heißt: »Der Horcher an der Wand, hört seine eigne Schand« – aber – der Horcher am Grammophon, hört meinen schönen Ton.

Lieber Grammophonbesitzer, es freut mich riesig, wenn ich bei dir gut aufgehoben bin, behandle mich also gut, gib mir zur richtigen Zeit meine Nahrung, welche aus feinem Maschinenöl besteht und – solltest du meiner einmal überdrüssig werden, dann verkaufe mich an irgendeinen anderen, an einen Grammophon liebenden Menschen. Nur wirf mich nicht in eine Speicherecke.

Sei mir aber zum Schluss noch ein wenig dankbar, dass ich dir durch mein Können manche langweilige Stunde in deinem Leben verscheucht habe.

Aber … Undank ist der Welt Lohn … dereinst wird es mir bei dir genauso gehen, wie es so vielen meiner Grammophonkollegen schon ergangen ist … auch mich wird einst bei dir … der Gerichtsvollzieher holen.

Verfasst 1928; {7/156}

Harte Arbeit

Frau Meier: Ja, liebe Frau Huber, Ihr Mann schaut seit Kriegsende sehr abgearbeitet aus.

Frau Huber: Ja, da haben Sie recht, es wird heute Übermenschliches verlangt. Mein Mann ist Beamter bei der Amtsstelle für Straßenumbenennung. Seit Kriegsende sind alle Straßennamen, die mit dem Dritten Reich zusammenhingen, umbenannt worden. Und mein Mann hat das Pech gehabt, dass er die Hess-Straße erwischt hat.

Verfasst etwa 1946; {7/279}

Heiliger Abend – abgesagt

Das Weihnachtsfest ist wieder vorbei. – Das Christkindl hat einem Kind mehr, dem andern weniger und manchen Kindern gar nichts gebracht, weil letztere die Enkelkinder eines Hypochonders sind. Für einen hypochondrischen Vater (Hypochondrie heißt Überängstlichkeit!) oder eine solche Mutter ist es schwer, eine richtige Art Spielzeug zu finden, weil solche Eltern in jedem Spielzeug eine Gefahr für die Kinder befürchten. So ein Hypochondervater bin ich auch. Ich wollte meinen Enkelkindern Schi kaufen, aber die Kinder könnten damit stürzen und sich die Genicke brechen. – Gummibälle dagegen wären gefahrlos – oh, nein! Gummibälle kollern auf dem schmutzigen Boden umher; Bazillen, Bakterien, wie gesagt: sämtliche Krankheitserreger bleiben daran haften, wandern von den Kinderhänden zum Mund, und infektiöse Kinderkrankheiten, wie Scharlach, Masern – Altersschwäche u. dgl. sind die Folge – also: keine Gummibälle. Eine Kindereisenbahn? Nein – die geheizte Dampflokomotive könnte unter die Bettlade fahren, könnte umfallen, der Spiritus auslaufen, das Bett zu brennen anfangen, das Zimmer auch, die Kinder ebenso auch, und das Unglück wäre geschehen. – Bleisoldaten sind schon ganz ausgeschlossen, denn von Bleivergiftung hat man schon viel gehört. – Ein Steinbaukasten kommt schon gar nicht in Frage; wie leicht kommen die Kinder in Streit, werfen sich gegenseitig einen Stein an die Schläfe, man denke an David und den Riesen-Goliath. – Ein Farbenkasten ist harmlos, aber beim Malen von grünen Bäumen verwendet man grüne Farben. Grün setzt Grünspan an, Grünspan ist Gift – also wieder eine Gefahr für die Kinder. – Geduldspiele sind für Kinder wiederum nicht zu empfehlen, da den Kindern schon in jungen Jahren die Geduld reißen kann, und ein nervöses Leiden ist unausbleiblich. – Papierdrachen zwingen die Kinder zum Spielen im Freien – frische Luft ist den Kindern gesund – aber wenn der Drache in der Luft fliegt, schauen die Kinder nach oben, laufen schließlich in ein daherrasendes Auto hinein und kommen unter die Räder. – Eine Flobertpistole – um Gottes Willen, Schusswaffen in Kinderhänden, davor wird immer gewarnt. – Trommeln und Trompeten sind an sich harmlos, aber da machen die Kinder wieder zu viel Lärm – die Hausinwohner beschweren sich – die Eltern bekommen mit diesen Streit – Gerichtsverhandlung, von wegen Beleidigung, bleibt nicht aus; also Trommeln und Trompeten auch nicht das Richtige. – Badehosen für den Sommer zum Baden? Die Kinder gehen zum Baden und könnten da ertrinken. Eine Zimmerschaukel? Strick reißt – Hals- und Beinbruch. – Kleine farbige Schusser aus Stein, zum Kugeln – sehr gefährlich. Die Kinder verschlucken oft aus Übermut solche Kugeln, der Arzt kuriert auf Gallensteine – und wer ist schuld? Die unvernünftigen Eltern. – Also gut, kein Spielzeug zur Bescherung, sondern nur ein Weihnachtsbaum mit brennenden Kerzen. Halt! Soeben fällt mir eine Zeitungsnotiz ein: Am Heiligen Abend entstand in der Bahnhofstraße Nummer 13 ein Zimmerbrand. Eine zu nahe an der Fenstergardine brennende Kerze entzündete dieselbe, griff mit rasender Schnelligkeit um sich, und im Nu standen die Fenstervorhänge nebst Bris-Bis in hellen Flammen. Die sofort herbeieilende Feuerwehr bekämpfte mit zwei Schlauchlagen die drohende Gefahr. Statt der Bescherung kam also die Feuerwehr ins Haus. Dann lieber auch keinen Weihnachtsbaum wegen Feuersgefahr. – Ich muss es selbst sagen: Der Heilige Abend war zwar mies, aber – gefahrlos.

Verfasst 1938; {7/172}

»Es ist schon alles gesagt, nur noch nicht von allen«

Flobertpistole: Waffe, die ihren Namen vom französischen Erfinder Louis Nicolas Auguste Flobert hat
Bris-Bis: Eine Art Couch

Herbstvorschläge

Es wird Herbst, die Blätter fallen, und die Reben werden reif oder: Warum wächst bei uns in Bayern kein Wein! Berge hätten wir genügend, aber keine Weinberge – nur Schneeberge. Wenn man diesen Schnee, der auf unseren Bergen liegt, in Flaschen abfüllen würde und lagern täte, entstände daraus Wasser, welches wir gegenwärtig in gewaltigen Mengen zu unserem bayerischen Dünnbier benötigen. Genauso wie der Rheinländer aus seinen Weinbergen Nutzen zieht, genauso ziehen wir Bayern aus unseren Schneebergen Nutzen. Wir haben auch das Recht, auf unseren Bergen Schi zu fahren, was auf einem Weinberg unmöglich wäre.

Ich hätte eine gute Idee: Den Schnee auf den Bergen wegräumen und dafür Wein pflanzen. Leider gibt es zurzeit keine Schneeräumer, da dieselben eingerückt sind. Aber ich glaube, es hätte doch keinen Sinn, dies zu tun, denn setzen wir den Fall, es wäre gerade Weinernte und würde circa acht Tage lang schneien, sodass der Schnee meterhoch tief auf den Bergen läge, so müssten sich diese Erntearbeiter sofort auf Schneeräumer umstellen und den Schnee aus den Weintraubenreben herausschaufeln. Dass aber durch die schweren eisernen Schneeschaufeln Millionen von Trauben ruiniert werden würden, liegt klar auf dem Fuß, vielmehr auf der Hand. Man sieht hieraus ganz deutlich, dass man auch da und hie keine gute Idee haben kann.

Den Schnee auf den Bergen zu entfernen, hätte auch noch andere Nachteile, z. B. die Berge liegen meterhoch voll Schnee, plötzlich scheint die Sonne – es wird warm. Der Schnee schmilzt zu flüssigem Wasser und läuft von den Bergen herunter in die Gebirgsbäche. In denselben gibt es Fische. Diese dienen als Nahrungsmittel für die Menschen. Wenn wir nun, nach meiner oben erwähnten Idee, den ganzen Schnee von unseren bayerischen Bergen wegräumen würden, gäbe es keine Gebirgsbäche. Hätten wir nun keine Gebirgsbäche, gäbe es auch in denselben keine Fische. Wir haben auch zurzeit sehr selten Fische zu essen, infolgedessen müssen wir fast keinen Schnee auf den Bergen haben. Dann könnte man vielleicht doch Wein pflanzen! Leider ginge uns auf diese Weise, wie schon erwähnt, das Wasser verloren, welches wir zu unserem Dünnbier benötigen. Es steht nun die Frage offen: Sollen wir nun den Schnee auf unseren bayerischen Bergen liegen lassen – oder wegräumen?

Verfasst 1942; {7/183}

Ich bin ein armer, magerer Mann

Ach, es ist doch schrecklich gwiss
Wenn der Mensch recht mager ist;
Ich bin mager, welche Pein,
Mager wie ein Suppenbein.

Was muss denn ich verbrochen haben, dass mich die Natur gar so grauslich zamgricht hat. – Ich versteh das nicht, in unserer Familie kann das unmöglich liegen, denn mein Vater wiegt über drei Zentner, meine Mutter über zwei Zentner und meine Schwester hat einen Bahnexpeditor geheiratet, und gerade ich muss so mager sein. – Ja, jetzt tut's es ja noch, aber früher solln S' mich gsehn haben, gleich nach der Geburt, da hab ich ausgschaut wie a Salami. – Darum hab ich auch als kleins Kind keine Wiege gebraucht, mich hat meine Mutter ganz einfach in einen Lampenzylinder neingsteckt und hat mich am Tisch umhergewalkert, so mager war ich.

Und trotzdem is mein Vater stolz auf mich, der mag die fetten Kinder selber nicht und gar deshalb, weil ich so mager bin, drum »mag er« mich so gern. Er sagt »Vetter« kann ich immer noch werdn, wenn amal mei Schwester heirat. Einmal bin ich in einem Kaffeehaus an einem Billard dort gelehnt und weil ich so mager bin wie ein Stock und weil ich am Billard dortglehnt bin, jetzt hat einer glaubt, ich bin der Billardstock. – – –

Aber die größte Gaudi war das, wie ich zur Musterung gehen hab müssen, also haben die da drobn a Gaudi ghabt, wie s' mich gsehn haben. – Net, und ich hab doch, wenn ich ausgezogen bin, so Rippen da rüber, quer rüber – mich hat halt früher meine Mutter immer zum Meerrettichreiben hergenommen. – Kurz und gut, wie die mich gsehn haben, habn s' gsagt: Ja Kerl, Sie kommen ja daher wie a Bahnwärterhäusl aus Wellblech. – Aber trotzdem, dass ich so gebaut war, haben s' mich nicht genommen zu den Soldaten, nicht amal zum Militär habn s' mich brauchen können.

Natürlich bin ich auch furchtbar leicht; wenn ich z. B. in einem Restaurant sitz und da Wirt reibt an Ventilator auf, da muss ich mich immer am Tisch anbinden, dass's mich net ins Röhrl neizieht. – – Dann hat amal einer zu mir gsagt: Sie sind schon wirklich a gräuslicher Kerl, Sie können Ihnen jetzt schon in der Anatomie verkaufen; dann bin ich auch hingegangen zu dem Anatomieprofessor und hab mich offeriert, nun hat er gsagt: Was verlangen S' denn für Ihnen? – Ja, sag ich: unter 80 Mark kann ich mich nicht hergebn, weil auf 50 Mark komm ich mich ja selbst. – Ja, sagt der Herr Professor, wie können Sie das behaupten, dass Sie 50 Mark wert sind? – Ja, sag i, ich hab mich kürzlich ausgezogen und hab meine Knochen so abgegriffen und da hab ich rausgefunden, dass ich 50 Knochen hab und weil ich in jedem Knochen »a Mark« hab, bin ich 50 Mark wert. –

Dann hab ich amal was gelesen von einem Leichenverbrennungsverein, denk ich mir, da gehst auch hin und lasst dich amal verbrennen, wennst gestorben bist; dann bin ich auch hingegangen und hab den Leichenverbrennungsvorstand gfragt, ob das überhaupt geht bei mir, dann hat er mich angschaut und hat gsagt: Ja, Sie sind schon arg dürr, bei Ihnen kostet es mehr. – Ja, sag ich, warum denn grad bei mir? – Ja, sagt er, weil ma bei Ihnen im Verbrennungsofen drin an neuen Rost brauchen, weil Sie durch den jetzigen unbedingt durchrutschen würden. – –

Und trotzdem ist die Magerkeit mein Lebensretter, denn wie ich einmal in Afrika war bei den Kannibalen, da haben mich die Menschenfresser erwischt und haben mich braten wollen, dann habn s' a Feuer gmacht und haben mich ausgezogen – wie mich die ausgezogen gsehn habn, sind s' alle davongelaufen, weil's denen graust hat vor mir und mein Leben war gerettet.

Verfasst zwischen 1906 und 1910; {1/15}

Karl Valentin baut

Es liebt die Welt, das Strahlende zu schwärzen und das Erhabene in den Staub zu ziehn. Und recht hat er gehabt, der Schiller. Was ist man ohne Haus? Nichts! Nicht einmal ein Hausherr; darum gehe hin und lasse dir eins bauen! Aber wohin? – auf den Boden, versteht sich von selbst – auf deutschen Boden, versteht sich von noch viel selbster. Nach dem schönen Walzer von Fetrás »Schlösser, die im Monde liegen« – möchte ich handeln. Mein Haus soll im Monde liegen, aber nur bei Nacht, am Tag nur in der Sonne, schon wegen der Bäder. Selbstverständlich würde ich mir statt einem Haus ein Schloss bauen – aber ein Schloss ist größer als ein Haus, braucht man auch mehr Baumaterial. Ich erkundigte mich beim Bauamt, und der Oberbaurat meinte: »Sie können Baumaterial haben, so viel Sie wollen, schon genehmigt, aber nur zu einem Luftschloss.« Aber Luftschlösser sind heute sehr gefährlich, wegen der vielen Flieger. Also Luftschloss kommt nicht in Frage, trotz Materialangebot. Also ein Haus – aber wo? – irgendwo halte ich es am passendsten. Nun ja, der Platz wird sich finden, vielleicht leichter als das Baumaterial. Ist Zement- und Ziegelnot, dann ein Holzhaus – ist Holznot, dann ein Lehmhaus, ist Lehmnot, dann nur kein Lebkuchenhaus wie die Besitzerin des Knusperhäuschens aus der Operette »Hänselein und Gretelein«. Nun ja, es ist ja auch ganz egal, aus was ein Haus gebaut ist, sondern aus wie es gebaut wird. Modern! Ich träume von einem zweistöckigen Wolkenkratzerchen, innen hohl, außen hoch, um den Wolkenkratzer herum einen Garten, in den Garten nur Kaktusse, Disteln und Brennnesseln zur Ersparung eines Hofhundes. Und in unserem Garten soll es sonnig werden. Außer unseren Wehrpflanzen, wie Schwertlilien, Stechapfelkraut, Brennnesseln, Dornen und Disteln zum Schutze gegen Einbrecher soll auch das Leben sprießen, und in den Garten stecken wir eine lange Stange, und auf der Stange befestigen wir ein Starenhäuschen. In das Häuschen bohren wir ein Loch, durch das Loch stecken wir Stroh ins Häuschen, eine kleine Sitzgelegenheit vor das Loch. Das ganze Anwesen wird nun so gedreht, dass das Loch gen Osten ist, oben ist ein kleiner Zettel: »Willkommen Braut und Bräutigam – fanget an!« Und ist das Starenpärchen fleißig, und bekommt das Starenmütterchen acht Junge, bekommt es von uns eine Belohnung in Form einer kleinen Kreuzspinne. Mein Ideal wäre ein Haus mit vier Sonnenseiten. Die Idee ist nicht neu, aber zu teuer. Ein Dresdener Architekt hat 1925 ein drehbares Glaskugelhaus erfunden, fünfstöckig, eine Million teuer. Ich denke mir das meine viel, viel kleiner, so wie ein Jahrmarktskarussell, ringsum gebogenes Glas und statt der Holzpferde und Schwäne Zimmer, Küche, Bad und Kammer, in der Mitte statt der Drehorgel Zentralheizung. Das Haus müsste vor allen Gefahren geschützt werden. Vom Hochwasser, deshalb die Keller als Schiff gebaut (siehe Arche Noah), bei Erdbeben, Speicherräume sind aus Ballonstoff. Durch einen Druck werden 50 Flaschen Wasserstoff (Helium) in die Speicherräume geblasen, der Speicher füllt sich und hebt das Haus in die Luft, so lange, bis das Erdbeben vorüber ist. Gegen Feuer ist es durch Versicherung und Minimax geschützt. Man kann sein Haus gegen alles schützen – nur nicht gegen den *gefräßigen Eisensaurus.*

Verfasst 1939; {7/174}

Fetrás: Oscar Fetras war ein deutscher Komponist und Dirigent

Karl Valentin beschreibt den Frühling

»Tut mir leid«, sagte darauf Karl Valentin, »aber ausgerechnet über den Frühling weiß ich fast gar nichts. Denn dass es im Frühling wieder wärmer wird als es im Winter war, weiß heute jeder gebildete Mensch. Vom Herbst z. B. wüsste ich bedeutend mehr, da gab es auf dem Oktoberfest ein prima Märzenbier, Brathändeln am Spieß, aber das war ja alles im Herbst, während mein Artikel ja nur über den Frühling gehn darf.«

Also der Frühling ist die Jahreszeit der Liebe. Ich hab zum Beispiel im Frühling meine Frau kennengelernt, aber wenn ich mei Frau im Herbst kennengelernt hätte, wär's noch früh genug gewesen.

Im Frühling 1892 hat der Hausmeister Joseph Huber, Zeppelinstr. 63, seine Stelle als Hausmeister gekündigt – aber was hat denn das mit dem Frühling zu tun?, wird der Leser dieses Artikels fragen; ich kann es auch niemand verdenken, aber der Herr Schriftleiter will absolut den Frühling beschrieben haben – na also:

Das Nächstliegende über den Frühling sind natürlich die Frühlingslieder – eines der schönsten heißt:

Frühling ist's, die Blumen blühen wieder – das ist aber nicht wahr, im Botanischen Garten, in den Gewächshäusern, blühen die Blumen das ganze Jahr – aber wenn man das Lied umändern würde und würde statt Frühling singen: »Gewächshaus ist's: die Blumen blühen immer« – so klingt das nicht so sonnig und dann abgesehen davon, wann die Blumen blühen, ist doch nicht wichtig, die Hauptsache ist, dass sie blühen. Irgendetwas müssen doch die Blumen auch tun, denn dafür sind sie Blumen, sonst wären sie ja nicht wert, dass sie die Sonne bescheint. Und gerade die Sonne ist wieder das Wichtigste am Wachstum, wichtiger noch als der Blumentopf. Denn ohne Blumentopf kann eine Pflanze gedeihen und wachsen, aber ohne Sonne nicht – das sehen wir an den Blumen, die im Freien wachsen. – Stellen Sie sich das vor, wenn jede Blume, die im Freien wächst, einen Topf haben müsste, das ginge in die Billionen Töpfe.

Um beim Frühling zu bleiben: Es gibt auch Blumen, welche im Herbst blühen. Die sogenannte Herbstzeitlose enthält Gift, das sogenannte Kolchizin – Zigaretten enthalten auch Gift, das Nikotin, welches, in großen Mengen geraucht, schädlich auf den Organismus einwirkt. Den Rauchern, die täglich 50 Zigaretten rauchen, möge das zur Warnung dienen. Es wäre vorteilhaft, wenn sich jeder Raucher das Rauchen langsam abgewöhnen würde, vielleicht jedes Jahr eine Zigarette weniger rauchen, denn es kann vielleicht einmal eine Zeit kommen, in der er pro Tag nur drei Zigaretten zu kaufen bekommt.

Schon wieder bin ich vom Frühling abgekommen. Wir Münchener haben sogar eine Frühlingstraße. Es kann jedermann den Versuch machen, durch die vier Jahreszeiten zu schreiten. Er geht von der Frühlingstraße hinaus zur Herbststraße – von da aus in die Sonnenstraße und von hier aus durch die Vorstadt Au nach Giesing in die Winterstraße, von da aus kann er dann noch in die Senefelderstraße gehen, aber nur, wenn er will (des Menschen Wille ist sein Himmelreich), Eintritt 5 Mark. Ich möchte Ihnen noch eine ganz schlüpfrige Sache schildern, was ich mit vier Mädchen im Undosabad erlebte, aber es hat ja keinen Sinn, weil sich das im Sommer ereignet hat, und mein Artikel soll nur vom Frühling handeln – also wieder zum Frühling, der Frühling wächst mir schon bald zum Hals heraus. –

Den Jüngling vergleicht man mit dem Frühling – warum? Der Frühling ist die treibende Kraft der Natur, der Schöpfung –

alles sprießt empor, auch beim Jüngling, äußert sich – wenn – also. Es gibt ein Theaterstück, in welchem bei einem Jüngling – das Stück heißt – »Frühlingserwachen«.

Aus was besteht denn eigentlich der Frühling? Nach wissenschaftlichen Forschungen aus acht Buchstaben: F-r-ü-h-l-i-n-g-

Der Frühling hat die Eigenschaft, dass er auch wandert, – er soll auch schon öfters in Wien gewesen sein, was ein altes Wiener Lied durch den Refrain bekundet: »Der Frühling ist wieder in Wien.« – Dass der Frühling einen Vornamen hat, ist auch nicht allbekannt, er heißt nämlich Lorenz – abgekürzt »Lenz«, es ist erhebend, wenn Hildach in seinem Gesang jubiliert:

Lasst klingen die Glocken, fern und nah,
sie so-o-llen frohlocken,
der L-e-e-e-enz ist da!

Soviel über den Lorenz Frühling – was werde ich in der nächsten Nummer schreiben müssen? Ich hätte ein Thema, Herr Schriftleiter:

»Friede auf Erden«
oder ist das noch zu früh?

Verfasst 1942; {7/177}

Senefelderstraße: benannt nach Alois Senefelder, dem Erfinder des Steindrucks.
Undosabad: (von lat. »die Wellenreiche«) ist eine ehemalige Badeanstalt in Starnberg
Eugen Hildach: (1849–1924) Sänger, Musiklehrer, Professor, Komponist

Karl Valentin steht in München

Karl Valentin steht in München auf dem Isartorplatz und schaut auf den schwer beschädigten Isarturm hinauf. Da fragt ihn ein Mann, warum er hinaufschaut, ja sagt Valentin, ich möchte gern wissen, wieviel Uhr es ist. Ja, meint der Herr, das ist nicht gut möglich, weil da sc[h]o über zwoa Jahr kei Uhr mehr droben ist. Ja, ja, sagt Valentin, dees woas i scho, aber wies noch droben war, hab i auch immer hinaufgeschaut.

Verfasst etwa 1946; {7/279}

Kriegs-Erklärung

»Solange es Menschen gibt, wird es Kriege geben!« Wenn schon – dann wenigstens keinen blutigen Krieg mehr! – Fort mit Bomben und Granaten!!!!

Nehmen wir einen kommenden Krieg an, z. B. zwischen diesem Land und jenem Land, geführt nach der neuen Methode: Ein langes dickes Drahtseil in Länge von 1000 Metern – wird nach der Kriegserklärung halb ins eine – halb ins andere Flachland gelegt.

Hierauf werden von den beiden kriegführenden Parteien, sagen wir je 1000 der stärksten Sportsmänner ausgesucht. Die beiden Generalstäbe stehen auf der Schiedsrichtertribüne und geben durch ein Zeichen den Beginn des kriegerischen Tauziehens bekannt.

Keine Blutstropfen – – nur Schweißtropfen – – werden bei diesem Kriege fließen!!!

Und hat nun eine feindliche Partei ihren Gegner in ihr Land gezogen, so hat dieselbe 1000 Gefangene gemacht und somit den Krieg gewonnen. Der besiegte Gegner zahlt die Auslösungssumme (je nach Übereinkommen) für seine Gefangenen. Gesunde – frohe Menschen kehren vom Kriege heim …! Also – – macht aus den kommenden Kriegen große Sportfeste zum Heile der ganzen Menschheit.

Verfasst etwa 1942; {7/205}

München anno dazumal

Lichtbildvortrag

Meine sehr geehrten Damen und Herren!
Meine erste Frage, die ich an Sie richte, ist? … Sind unter den verehrten Zuhörern auch geborene Münchner? … Wenn ja, so ist das sehr erfreulich – wenn nein, so ist das eine längst bekannte Tatsache, was ich sofort mit der altbekannten Anekdote in Einklang bringen möchte. – – –

An einem Sonntagvormittag kam ein Mann ins Deutsche Museum. Der Portier erkannte denselben, eilte schnell zum Direktor und sprach: »Herr Direktor! Herr Direktor! Kommen Sie schnell heraus, der erste Münchner ist heute da! Der Herr Direktor begrüßte den Mann herzlich und sagte: Das ist ja heute ein großes Ereignis, – der erste Münchner im Deutschen Museum. Na, na, sagte der Mann, i will net ins Museum, i möcht nur Euern Hausmoasta abholn, weil ma ins Hofbräuhaus gehn wolln, zum Maibock! […]

Verfasst wahrscheinlich 1943; {7/261}

Eine neue Verkehrsordnung*

Aus: Auf dem Marienplatz

[…] Die Automobile hupen – die Radfahrer warten – die Hunde stören – die Tauben fliegen – das Glockenspiel klingt hell und »rein« – die Straßenbahnen kommen daher und fahren dahin – das Pflaster wird betreten, die Inseln ebenfalls – die Wasserpfützen auch ebenfalls – die Bogenlampen brennen (nachts) – die Zigarrenstumpel liegen – die weggeworfenen Straßenbahnfahrscheine flattern – die Kontaktdrähte schwingen wie Spinnennetze – der Benzingestank ist tagtäglich – und somit der ganze Zustand unerträglich. –

Die Verkehrspolizei will nur das Beste. – Aber wir Städter sind immer noch Dörfler. – Macht es der Schutzmann so – gehn wir so. – Macht es der Schutzmann aber so – gehen wir gewiss so. – Es soll klappen, aber es klappt nicht. Vielleicht in zehn Jahren, dann ist es aber zu spät, bis dahin fliegen wir alle.

Für die ganze Verkehrsordnung hätte ich eine neue Idee. Und jeder Irrsinnige wird mir voll und ganz beistimmen. Mein Prinzip wäre folgendes:

Am Montag dürfen in ganz München nur Radfahrer fahren, am Dienstag nur Automobile, am Mittwoch nur Droschken, am Donnerstag nur Lastautos, am Freitag nur Straßenbahnen, am Samstag nur Bierfuhrwerke. Die Sonn- und Feiertage sind nur für Fußgänger. Auf diese Weise könnte nie mehr ein Mensch überfahren werden.

Ein zweiter Vorschlag wäre auch dieser:

Von 6–7 Uhr morgens sind die Straßen Münchens nur für Radfahrer,

von 7–8 Uhr für Automobile,

von 8–9 Uhr für Droschken,
von 9–10 Uhr für Lastautos,
von 10–11 Uhr für elektrische Straßenbahnen,
von 11–11¼ Uhr für das Glockenspiel,
von 11¼–12 Uhr für Bierfuhrwerke bestimmt.

Von 12 Uhr ab haben dann alle Fahrzeugbesitzer und Lenker frei und können den ganzen Nachmittag ins Kino gehen, deren wir jetzt genug haben. Im Bedürfnisfalle könnten noch immer größere Kinos gebaut werden. Die jetzt leerstehenden Theater, Varietes und Konzertsäle werden in kurzer Zeit ebenfalls in Großlichtspieltheater verwandelt werden und unsere ganzen Hofopernsänger, Schauspieler, Komiker und Volkssänger, die dadurch brotlos werden, könnten dann zum Stempeln gehen. […]

Verfasst 1926; {1/115 und 254}

Glockenspiel: gemeint ist das Glockenspiel am Rathaus, eine Touristenattraktion am Marienplatz im Zentrum Münchens
Stempeln: Arbeitslosengeld beziehen; zur Arbeitsagentur gehen; arbeitslos sein

Prosit Neujahr!

Prosit Neujahr! – da läuft mir gleich die Leber über, wenn i dös schon hör. – Eigentlich soll einem ja die Galle überlaufen, aber Galle haben wir keine mehr. Die Galle ist schon seit 1939 so oft übergelaufen, dass wir gar keine mehr haben. Alles Gute zum Neuen Jahr! Das haben die Leut sich jedes Jahr gewünscht, und was aus dieser Wünscherei geworden ist, das haben wir ja gesehen! Die Reichen werfen in der Silvesternacht um zwölf Uhr ihre leeren Sektgläser an die Wand, denn »Scherben bedeuten ja Glück« … danach müssten wir jetzt in Glück strahlen, denn wir haben ja nun genug Scherben gehabt, – in München und in ganz Deutschland! Manche Familien tun in der Silvesternacht Bleigießen und haben aus dem gegossenen Bleiklumpen lauter Glück ersehen. Und weil es anders gekommen ist, haben jetzt diese Bleigießer die Ausrede, es ist halt a schlechts Blei gewesen.

Das Neujahranschießen ist derselbe Unfug und gehört ganz ausgerottet. Nach meiner Ansicht ist es auch vollkommen überflüssig, denn ich glaube, es hat genug gekracht bei uns. In der Silvesternacht hat man Punsch gemacht aus Wein, Sekt, Zitronen und Orangen. Heuer können wir auch einen Punsch brauen, aus Kartoffeln und Gelben Rüben, wenn auch das Aroma ein anderes ist, aber saufen kann man ihn doch. In Friedenszeiten haben sich in der Silvesternacht Jüngling und Jungfrau die Hände gereicht zum ewigen Bund und wenn sie am anderen Tag wieder nüchtern waren, haben sie den ewigen Bund sofort gelöst. Ich habe schon oft über das Wort »Alter« nachgegrübelt. Ein Mensch z. B. kann verschiedene Alter haben, der eine wird nur einen Tag alt, wie z. B. bei den Tieren die Eintagsfliege, der andere Mensch kann über achtzig Jahre alt werden. Nur das Jahr wird immer nur ein Jahr alt. Es beginnt am 1. Januar, und am 31. Dezember ist es aus. Wenn das beim Menschen auch so wäre, gäbe es keine Erwachsenen. Wenn es keine Erwachsenen gäbe, gäbe es keine Kinder, weil die Kinder aus den Erwachsenen entstehen, – es sei denn, die Geschichte mit dem Storch beruht auf Wahrheit. Dann sind natürlich die Erwachsenen – im Volksmund Eltern genannt – ebenfalls überflüssig. – Im neuen Jahr heißt's schaufeln, und hoffentlich beginnt im Herbst wieder eine neue Schießerei –

aber diesmal nicht mehr von oben, sondern in den Schießbuden, auf dem Oktoberfest, auf das sich heute jeder Münchner freut. –

Verfasst 1945; {7/201}

Rundfunkreportage

Kegelklub

Meine Damen und Herren! Mit dem Gongschlag zuerst die genaue Zeit: – In 72 Sekunden ist es genau 26 Uhr – in 30 Sekunden – 20 Sekunden – 10 Sekunden – 5, 4, 3, 2 (*Gongschlag*) – das war 26 Uhr.

Wir übertragen jetzt die Rede des Vereinsvorstandes des Kegelklubs »Alle Neune« im Nebenzimmer des Gasthauses »Zur goldenen Ente« in der Lilienstraße. Wir haben mit dem Mikrofon im Nebenzimmer Aufstellung genommen. Die Eingangstür, welche das Gastzimmer mit dem Nebenzimmer trennt, ist im matten Grün von einigen Tannenzweigen geziert. Die 35 Vereinsmitglieder haben mit ihren Frauen im Nebenzimmer bereits ihre Plätze eingenommen. – Nahe neben mir steht der Gastwirt, Herr Sebastian Meier, und zündet sich soeben seine Virginia an – und die Kellnerin Fräulein Zenzi hat noch alle Hände voll zu tun, um die bereits Anwesenden mit Speisen und Getränken zu versorgen. – Die 3 Mann starke Vereinskapelle, bestehend aus Klavier, C-Trompete und Schlagzeug, hat in der Ecke Platz genommen, um beim Erscheinen des ersten Vorstandes, Herrn Mathias Hinterhuber, ihre Weisen erklingen zu lassen. – Das Nebenzimmer selbst ist geschmackvoll und doch diskret mit bunten Papiergirlanden behängt und gibt dem Ganzen eine feierliche Prägung. Die Wirtin, Frau Resi Meier, tritt soeben von der Küche kommend zur Tür herein und verkündet geheimnisvoll »Jetzt kimmt er«. Schon erklingt – wie Sie hören – der Einzugsmarsch. (*Musik »Mein Herz, das ist ein Bienenhaus«.*) – Die Gäste erheben sich von ihren Sitzen, der Vorstand tritt ein und nimmt an seinem für ihn bestimmten Platz Platz – neben ihm sitzt der zweite Vorstand, Georg Neumeier, und seine Gattin, rechts von ihm der Schriftführer und der Kassier des Kegelklubs »Alle Neune«. Der Gastwirt dreht mit sicherer Hand den elektrischen Schalter, der sich an der Wand befindet, um den Ventilator einzuschalten, der nach einigen Minuten den sich im Lokal bereits angesammelten Tabakrauch entfernt. – Soeben erhebt sich der erste Vorstand von seinem Stuhl – die seriöse Gestalt, die breiten Schultern verraten uns, dass hier ein Mann des Volkes sein schweres Amt ausführt und in uneigennütziger Weise sich dessen bewusst ist, seinen Vereinsbrüdern zu dienen im wahrsten Sinne des Wortes. – Es spricht der Vorstand. (*Handglocke Klingklingkling*) –

Meine lieben Gäste und Gästinnen!

Wenn ich heute das Wort ergreife, so halte ich es für meine Pflicht, einer Sache näher zu treten, die Ihnen und uns und für alle Zukunft ein Problem von schwerwiegender Bedeutung zu bleiben scheint. Gewiss haben wir nicht die volle Gewissheit, was in Anbetracht einer Zerklauberei der ewig unmöglich erscheinenden Begleiterscheinungen in sich vereinigt, denn gerade hier bieten sich die einschneidenden Bedingungen, die von vornherein ein für allemal ausgemerzt werden müssen. Die Vergangenheit hat uns gezeigt, dass gerade in diesem Punkte gesündigt wurde, schon aus dem Grunde, weil ein Zusammenkommen jener wichtigen Vereinsversammlungen stets verschwiegen wurde. Wir haben uns mehr denn je über diese Kleinigkeiten immuniert und haben in Sachen herumgewühlt, statt uns zu sagen »Freunde, geht ans Werk«, greift zu, und ihr werdet es nicht bereuen.

Glauben Sie nicht meine Herren, o bewahre, schauen Sie sich selbst ins Gesicht, und Sie sehen ihre eigenen Masken – herunter damit. Nein, fühlen Sie sich nicht dazu genötigt, denken Sie an das Problem der Paragraphenzertrümmerung, denken Sie an die Worte des Sokrates »Femina, Femimina, monstrum Vivat Concenbinatum – O eleonoris caus veni vini vici«. Meine Herren, Schatten der Gegenwart möchte ich verpflanzen wie Minderwertigkeiten, welche nur zu deutlich aufgerollt werden, wenn uns die Zeit nicht selbst den Stempel des Daseins auf die Stirn drückt. Aber wenn wir der Einsicht näher treten, so werden die Nebenstehenden die Schäden und Nutzen am eigenen Leibe verspüren, denn zu heiß wurde noch keine Suppe gegessen, und wenn, dann verbrennen sich die den Schnabel, die sich mit den bittersten Enttäuschungen selbst am Ufer der Vernunft ins Lächerliche gezogen haben. Es ist nicht gleichgültig, ob ich sage ich bin, oder ich werde, nein, meine Herren, Zufälligkeiten und Abdrosselungen eigener Anschauungen haben sich noch nie zu einer Konservierung von Gedanken verbinden lassen. Wehe dem, der sich selbst, wehe dem, dem derjenige nur das ist, was wir uns von diesem erwartet haben. – Selbst ist die Frau! Meine Herren! Wenn uns die Besonnenheit, uns von unseren Sorgen, deren wenige ein verblendendes Spiel in uns gesetzt zum Zwecke des Mittels, also alle für einen. Wir können nicht das gute Gewissen mit derselben Resignation verknüpfen, der unserem Standpunkt von vornherein gegenüberstand. Wenn wir in lückenloser Vergangenheit eine Parallele ziehen, wenn wir uns vergegenwärtigen, dass nur Trotz und ein Gegenspiel von weittragender Bedeutung ein Resultat fördern und

damit nie wiederkehrende Gelegenheitsfinumen erzielt werden können und wir hiermit unser Gewissen nicht unnötig belasten, dass eine Voraussagung eventueller Submissionsschwierigkeiten einen spontanen jegliche Inspirationen, die durch Sicherungen seitens kollektiver Kongresserörterungen ausgerottet werden. Es gab eine Zeit, und diese Zeit lässt sich Zeit, denn im Zeitabschnitte dieses Zeitabschnittes wird die Zeit kommen, die wir zeitlebens nie vergessen werden. Und sollte es also am kommenden Sonntag schlechtes Wetter werden, so müssen wir unser Stiftungsfest – auf den nächsten Sonntag – verschieben.
(*Bravo! Applaus*!)
Sie hörten die Übertragung der Vereinsrede des Vorstandes des Kegelklubs »Alle Achte« – Verzeihung, ich korrigiere »Alle Neune«.

Verfasst 1937 {7/198}

Schwierige Auskunft

Karlstadt: Sie bitte, wie komme ich denn hier am schnellsten zum Bahnhof?

Valentin: Da sind Sie noch weit weg, da müssten Sie entweder gehen oder fahren. Wenn Sie fahren, sind Sie vielleicht in fünfzehn Minuten dort, aber zu Fuß brauchen S' bedeutend länger.

Karlstadt: Und wie geht man denn da, wenn man zu Fuß geht?

Valentin: Da gibt es drei Wege. Entweder Sie gehen gerade aus und dann über den großen Platz, oder Sie gehen durch den Stadtpark und bei dem Hotel vorbei, oder Sie gehen am kürzesten durch die Passage durch und zwischen dem Kaufhaus und der Markthalle durch. Dann kommen Sie direkt hin.

Karlstadt: Ja, ich hab aber höchste Zeit, denn um 15:20 Uhr geht schon mein Zug, und jetzt ist es schon 15:10 Uhr.

Valentin: Ja, dann ist es gscheiter, Sie gehn den Kasernenweg entlang bei der Autotankstelle vorbei und da können S' dann nochmal fragen.

Karlstadt: So – da soll ich dann nochmal fragen; ja, geht denn keine Straßenbahn hin?

Valentin: Ja mit der Straßenbahn ist es überfüllt, wissen S', da kriegt man so wenig Platz und zerst muss man so lange warten und schließlich kommt s' dann und ist besetzt.

Karlstadt: Also dann ist das auch nichts – und ich habe schon höchste Zeit, o mei, o mei, wenn ich Sie nur besser verstehn tät!

Valentin: Ja, ich kann schon lauter reden!

Karlstadt: Nein, nicht lauter!

Valentin: Leiser?

Karlstadt: Nein, deutlicher sollen Sie reden!

Valentin: Ja, deutlicher kann ich nicht reden!

Karlstadt: Haben Sie einen Sprachfehler?

Valentin: Nein, nein!

Karlstadt: Reden Sie immer so undeutlich?

Valentin: Nein, nur wenn ich auf der Straße was gfragt werd.

Karlstadt: Ja, Sie brauchen ja nur Ihren Mund weiter aufmachen beim Sprechen!

Valentin: Dös trau i mir net.

Karlstadt: Warum nicht?

Valentin: Weil i zum Zahnarzt muss.

Karlstadt: Beim Zahnarzt müssen S' an Mund auch weiter aufmachen!

Valentin: Ja, da macht's ja nichts mehr. – Mir ist nämlich heut mei Goldplombe locker wordn und da hab i Angst, dass ma rausfällt, wenn ich an Mund aufmach. Und da muss ich jetzt so obacht gebn und kann den Mund net aufmachen.

Karlstadt: Und ausgerechnet Sie muss ich fragen um Auskunft!

Valentin: Ah, das macht mir nichts!

Karlstadt: Ja, Ihnen macht's freilich nichts, aber mir macht's was!

Valentin: Wieso?

Karlstadt: Ja – weil ich an Zug versäumt hab!

Verfasst 1940; {4/76}

Valentins Blödsinns-Fabrik*

*Abriss**

Ham S' die heutige Zeitung schon gelesen, fragt er jemand. – Nein – Also was es für dumme Leute gibt, ein Baumeister hat beim Haus-Abbrechen statt oben unten angfangt – jetzt ist ihm natürlich alles eingefallen. Dös hätt er sich aber denken können.

*Abscheu**

Vor de Wanzen hab ich an direkten Abscheu, die mag ich nicht amal streicheln.

*Abstraktheiten**

Ja, so ändern sich die Zeiten, die Menschen sind asgebinoierter geworden, sie begreifen allmählich, welche Wichtigkeit in sich verbirgt, allzu schnell ein Wirrwarr von Kleinigkeiten zu besitzen, deren Ursache sie selbst sind. Auch die inkurnikste Ansicht der jetzt lebenden Menschen kann ein Stillstehen der breiten Masse unbeirrt in sich bürgen, ohne reginöse Perplexerscheinungen in ein sicheres Vorhandensein quittieren könne. Die Menschheit ist skingtingstiefer geworden, sie singen ein Prosit der Gemütlichkeit und lassen sich dabei Zähne plombieren. Die Kunst wollen sie nicht mehr anerkennen. Sie gehen her, lassen Riesensteinblöcke an irgendeinem Platze abladen und heißen das Abgeladene »Denkmal«.

*Alkoholprobleme**

Ein Betrunkener ist was Ekliges, aber das Widerlichste ist, wenn sich ein Nüchterner einen Rausch ansauft.

*Angewohnheiten**

Valentin: Ich weiß nicht, wie das kommt, ich bin in letzter Zeit immer so erkältet.
B: Schlafen Sie vielleicht bei offenem Fenster?
Valentin: Nein, bei offenem Mund.

*Apfelstrudel**

Mei Alte hat kürzlich Apfelstrudel gemacht, is ihr der Teig zerrissen, dann hat sie den Teig mit der Nähmaschine wieder zusammennähen wollen.

*Aufhören anfangen**

Ich hab aufgehört zu rauchen, aber ich fang bald wieder an, mit dem Aufhören aufzuhören.

*Aufmerksamkeit**

Mann: Siehst net, Alte, dass ich auf der rechten Seite etwas höher bin?
Frau: Wieso?
Mann: Ich hab nur einen Pantoffel an!

*Befindlichkeit**

Wie geht's Herr Valentin? fragt ein Arzt.
Danke, ich bin immer gesund, außer ich bin krank.

*Beleidigung**

Richter: Sie haben den Kläger einen Ochs genannt, und deshalb ist er beleidigt.
Angeklagter: Nein, ich habe ihn keinen Ochs genannt, ich habe nur zu ihm gesagt, Sie Ochs.
Richter: Nun ja, Sie geben es doch zu, dass Sie »Sie Ochs« zu ihm gesagt haben.

Angeklagter: Nein, ich hab zu ihm gesagt »Sie Ochs«.
Richter: Zum Donnerwetter noch einmal, Sie sagten doch gerade im Moment, dass Sie »Sie Ochs« zu ihm sagten.
Angeklagter: Aber bitte, Herr Richter, fallen Sie mir doch nicht immer ins Wort, lassen Sie mir doch den Satz aussagen: Ich sagte zu dem Kläger »Sie Ochs Indianer sind ausgestorben«.

*Briefgeheimnis**

Ich hab mir selber einen Brief geschrieben, weil ich aber schon gewusst habe, was in dem Brief steht, war ich nicht überrascht.

*Donnerstag**

A: Was ist denn heute für ein Tag?
B: Donnerstag!
A: Ja.
B: Das ist aber nett von dem Donnerstag, dass er heute ist.

*Dressur**

Gipfel der Dressur: Dompteur Rassasaschi hat einem Froschlaich das Seiltanzen gelernt.

*Einander verstehen**

Je öfter dass man was sieht, desto besser versteht man es! – Das ist nicht wahr! Wir zwei habn uns schon so oft gsehn und verstehn uns alle Tage weniger.

*Eine wahre Begebenheit**

Valentin: No, Frau Direktor, was sagn S' zu unserm Erfolg, seit drei Tag immer vollbesetzt und lauter gutes Publikum?

[Theater-]Direktorin: Ja, Sie glauben S' nicht, nach der Vorstellung sagn die Leut allgemein, dass das Essen, bsonders der Niernbraten, bei uns so guat ist wie sonst nirgends.

Valentins: Warum stelln S' dann kein Niernbraten auf die Bühne, Frau Direktor?

*Elefanten**

Für den Elefanten haben die Zähne gar keinen Wert, weil sich die Zähne außerhalb des Mauls befinden. Das kommt beim Menschen auch oft vor, aber nur dann, wenn einer sein Gebiss zur Reparatur beim Zahntechniker hat.

*Entbindungsprobleme**

Frau Meier zu Frau Huber: Denken S' Ihnen nur, mei Tochter hat vor sechs Tagen entbunden!

Frau Huber (*etwas schwerhörig*): So, so, richten S' einen recht schönen Gruß aus, und sie soll vorsichtig sein, dass sie kein Rückfall kriegt!

*Fabel**

Eine Sau kam in die Polizei. Sie wollte, da es ihr infolge der Schwarzschlächterei während des Krieges zu brenzlich geworden ist, ins Ausland reisen, und zwar zum Nordpol, da es dort noch einigermaßen neutral zu sein schien. Um diese weite Reise zu machen, wurde ihr am Passamt ein Pass ausgestellt. Nun hatte die Sau einen Pass, war also eine Passau. Und daher soll der Name der bekannten Stadt Passau stammen.

*Falschheit**

Falschheit ist hier nicht falsch, sondern richtig.

*Familienmitglieder**

– Waren Sie das einzige Kind Ihrer Eltern? – Nein, wir waren fast mehrere. Ich hatte neben meinen Eltern auch noch Geschwister. – Wie viele, wenn ich fragen darf? – Eine riesige Menge. Wir waren 3 Brüder und 5 Geschwister. Wenn ich meine Mutter und meinen Vater dazurechne, waren wir 10 Stück.

*Farbblindheit**

A.: Sind Sie wirklich so farbenblind?

B.: Natürlich, ich kann z. B. die gewöhnlichen Donnerstage nicht vom Gründonnerstag unterscheiden.

*Farbenkämpfe**

»Denn unser Fähnlein ist weiß und blau«
(*In der Stadtratsitzung*)
Meine Herren Stadträte, ich bin fest davon überzeugt, wenn unsere Münchner Straßenbahnwagen statt »weiß-blau« das schöne Rot erhalten wie unsere Briefkästen und Postautos, dann ist die letzte Erinnerung an die ehemalige bayerische Hauptstadt vollständig entfernt.
Zweiter Stadtrat: Ja, aber bei schönem Wetter der weiß-blaue Himmel?
Dritter Stadtrat: Ha, Kleinigkeit, der könnte, sooft er sich am Horizont zeigt, durch einige Flugzeuge mit Vernebelungs-Apparaten beseitigt werden.

*Finanzamt**

Nieder mit dem Finanzamt – es lebe die Geldentwertung. Nieder mit dem Verstand – es lebe der Blödsinn.

*Fischhusten**

A.: Woher kommen denn am See manchmal so viele Wellen?
B.: Das kommt daher, weil sich die Fische so furchtbar erkältet haben im Wasser, jetzt haben sie so einen starken Husten.

Frühe Fotografien*

A: Sehen Sie, das ist hier eine alte Fotografie aus meiner Jugendzeit, das Bild ist allerdings schon sehr vergilbt, ich bin kaum mehr drauf zu sehen.

B: Ich habe auch ein solches Bild, aber eines aus meiner allerfrühesten Jugend, da bin ich überhaupt gar nicht drauf, nur meine Mutter.

Garderobe*

Kellner: Was für ein Mantel gehört Ihnen Herr Valentin?
Valentin: Der mit die zwei Ärmel.

Gebet*

Vater unser eines echten Münchners – – – … unser tägliches Bier gib uns heute.

Gehprobleme*

Wie können Sie mit dem schmierigen Rock rumlaufen? – I geh ja ganz langsam.

Gespräch*

Ein Herr: Grüß Gott, Herr Valentin!
Valentin: Servus! Wer san jetzt Sie?
Herr: Kenna S' mi nimmer?
Valentin: San Sie net der Herr, der vor acht Jahren mit der Elektrischen durch die Bahnhofstraß gfahrn is?

*Glaubenszweifel**

Der eine glaubt an seinen Glauben, glaubt aber in Wirklichkeit an seinen Glauben nicht, weil er glaubt, der Glaube an welchen er glaubt, ist nicht der richtige Glaube.

*Handelsware**

Mein Gott, wenn ich so dran denke, wie ich in der Fremde war, immer und immer auf der Reise, ich war Reisender, ich hab mit Reisnägel gehandelt, da hab ich mir a schönes Geld verdient. Ich hab die Reisnägel selber fabriziert. Ich hab mir auf der Reise die Nägel wachsen lassen, in der nächsten Station hab ich s' weggeschnitten und dann als Reisnägel verkauft.

*Heilkräuter**

Gut, dass der Hitler nicht Kräuter heißt, sonst müsste man ihn mit »Heil Kräuter« grüßen.

*Heizprobleme**

Gastwirt zu Valentin: Ich hab heut noch net gheizt, die Kohlen san noch net da.

Valentin: Dann hängen S' a paar Bierwärmer ins Lokal, a bisserl wärmer wird's doch.

*Hutkauf**

Verkäufer: Einen Hut wünschen Sie, welche Façon bitte?
Valentin: Außen schwarz und innen hohl.

Karlstadt: Es ist sehr schwer. Wo bleibt da unsere Technik? Warum erfindet man nicht einen elektrischen Dialekt-Umformer? Man spricht da irgendeinen Dialekt in den Umformer und hochdeutsch kommt die Sprache heraus.

*Im Restaurant**

Kellner (*im Restaurant beim Kassieren*): Gnädige Frau haben eine Kalbsbrust?
Frau Baronin (*entsetzt*): Was erlauben Sie sich für Frechheiten?
Kellner: Ich meine, gespeist!

*Immobilienpreise**

A: Wo sind denn die Häuser teurer, in der Stadt oder auf dem Land?
B: Das kommt auf's Gewicht an.

*In den Spiegel schauen**

Ein Garderobenbesucher (*findet Valentins Krawatte in Unordnung und fragt ihn*): Bitte kann ich in Ihren Spiegel hineinschauen?
Valentin: Natürlich – aber rausschaun müssen S' wieder hernach.

Jahreszeiten*

Das Gegenteil von Herbst ist Fraubst!

Kalauer*

Was ist das Gegenteil von einer Frisur? – Eine Glatze – nein, eine Abandsur.

Kamerad*

Frau: Du suchst Dein Rad?
Mann: Ja!
Frau: Das steht in der Kammer.
Mann: Selbstverständlich, ich weiß, es ist doch mein Kammerad.

Kaufprobleme*

Hätte das Volkstheater billig kaufen können, hab aber keinen Platz dafür.

Konsumierung*

Ober: Woher wissen Sie so bestimmt, dass Sie vier Brötchen gegessen haben?
Valentin: Ich hab mir auf jede Semmel vorher einen Bleistiftstrich gemacht.

*Kriegskameraden**

Valentin: Also Sie sind aa im Krieg gwesen?

B.: Freilich, Sie auch?

Valentin: Natürlich, – aber wundern tut's mich, dass wir uns da drauß net gsehn ham.

*Lehrer**

(*in der Schule*)

»Dass du nicht gewusst hast, um wieviel Uhr der 30-jährige Krieg begonnen hat, kann ich begreifen, aber dass du nicht gewusst hast, dass das neue Karl Valentin Buch »Brillantfeuerwerk« bei Hugendubel schon erschienen ist, das kann ich Dir nicht verzeihen, dafür sollst du büßen müssen.

*Löschpapier**

A: Schnell einen Minimax; diesen kleinen Brand können wir selbst löschen!

B: Den Minimax hab ich nicht gefunden; hier haben Sie einen Bogen Papier.

A: Mit dem Papier kann ich doch nicht löschen!

B: Doch! – Es ist ja Löschpapier!

*Magenprobleme**

O mei Herr Doktor, mit meinem Magen stimmt's nimmer recht. Jedes Mal wenn ich gessen hab, dann hab ich den Magen so voll.

*Max-Denkmal**

Ein Motorradfahrer fuhr mit seinem Motorrad in München an das Max-Denkmal, glücklicherweise, ohne Schaden zu nehmen. Seine Frau sagte zu ihm »Max denk mal! Wenn dir etwas passiert wäre. Daher der Name »Maxdenkmal«! –

*Medikamente**

Herr: Wie steht's mit der Gesundheit Herr Valentin? Ham S' immer noch so stark Asthma?

Valentin: Gott sei Dank – ich möchte's auch gar nicht anbringen!

Herr: Ja, wieso denn?

Valentin: Ja, weil ich noch so viel Asthma-Medizin daheim hab, was tät ich denn sonst damit?

*Metaphysik**

Metaphysik ist der Versuch, in einem verdunkelten Zimmer eine schwarze Katze zu fangen, die sich gar nicht darin befindet.

*Metzger**

A: Weißt du, an wen mich der Herr Röger erinnert?

B: Nein, an wen denn?

A: An Herrn Preisinger.

B: Wieso an Herrn Preisinger?

A: Der war doch auch Metzger.

Mit Mädl erschossen

Kapellmeister: Hab ich's Ihnen schon gsagt, meine Herren, – der Musiker, der vor zwei Jahren amal bei uns war, – der kleine dicke, – hat sich mit seinem Mädl erschossen!?!
Valentin: Dös gibt's net, dös kann net sein!!!
Kapellmeister: Wieso gibt's dös net??
Valentin: Weil's dös auf der ganzen Welt net gibt!!
Kapellmeister: Ja, – wieso denn nicht??
Valentin: Weil man sich mit einem Mädl nicht erschießen kann! – nur mit einem Revolver! –

*Möglichkeiten**

A: Alles kann man, wenn man will!
B: Das ist nicht wahr –, Sie können Butter auf die Semmel streichen, aber niemals die Semmel auf die Butter.

*Pausen**

Aber eine Pause kann man doch nicht hören, und wenn ich schon nichts höre, dann drehe ich doch zu Hause mein Radio zu. – Aber Sie können doch wegen einer kleinen Pause von einigen Sekunden nicht das Radio ausschalten! – Natürlich, ich weiß doch nicht, wenn eine Pause beginnt, ob die einige Sekunden oder ob die einige Stunden dauert, denn es gibt doch Pausen in allen Größen. – Na! Gewöhnlich dauert eine Pause nicht allzu lang. – Mit gewöhnlichen Pausen geb ich mich gar nicht ab.

*Pianistin**

Spielt Ihre Frau Klavier auch?
B: Sehr wenig, nur wenn Sie abstaubt.

*Rauschzustand**

Wenn ich besoffen bin, geh ich mir selber aus dem Weg.

*Rechtschreibfehler**

Lehrer (*zum Schüler, der beim Rechtschreiben Riesenelefanten klein geschrieben hat*): Ausgerechnet das Wort Riesenelefant schreibst du mit kleinem r, das ist ja ein prima Fehler!

*Regen**

Ich freue mich, wenn es regnet. Denn wenn ich mich nicht freue, regnet es auch.

Reisetermin

In einem Buchbinderladen verlangt er einen Abreißkalender – weil er in acht Tagen abreisen will.

*Riesenbagger**

Gestern hab ich beim Schuttabräumen zugeschaut – sage ich zu einem besseren Herrn, der neben mir gestanden hat, schauen Sie nur grad dorthin, wie der Riesenbagger sein Maul weit aufreißt – det is noch gar nischt, sagte der fremde Herr, da solln se mal bei uns in Berlin son Bagger sehen!

*Rundfunkgebühren**

Aber der Rundfunk ist doch dafür da, dass die Hörer etwas hören. – Nein, der Rundfunk ist deshalb da, dass man alle Monat seine Radiogebühr bezahlt.

*Scheinwerfer**

Gerichtszeitung: Die Falschmünzerwerkstätte wurde von den Kriminalbeamten gründlich untersucht, aber es war weder Werkzeug noch Material zu finden, nur ein »Scheinwerfer«.

*Schlüsseldienst**

Und der Schlüssel liegt drin. Ja, wie bist du denn da rausgekommen? – Ja zuerst, bevor ich drin zugesperrt hab, bin ich noch schnell rausgesaust.

Schmerzen*

Arzt: Wo haben Sie denn die Hauptschmerzen? Am Rücken oder an den Füßen?

Patient: Ja, Herr Doktor, dös is aber doch a ganz saudumme Frage! D'Hauptschmerzen kann i doch niemals an die Füß haben!

Arzt: Warum denn nicht?

Patient: Ja, wir haben doch schon in der Schul g'lernt, dass das Haupt des Menschen der Kopf ist.

Sehprobleme*

Den einzigen, den ich gsehn hab, dös war ich – und den hätt ich net gsehn, wenn ich kein Spiegel dabei ghabt hätt!

Silberhochzeiten*

Mann und Frau feiern in großer Gesellschaft silberne Hochzeit. Am Ende der Feierlichkeiten entsteht eine Rauferei unter den Anwesenden. Der Mann ist empört, schlägt mit der Hand empört auf den Tisch und schreit: »Es ist doch zum Kotzen, jedes Mal wenn wir silberne Hochzeit feiern, wird zum Schluss gerauft.«

*Stiftungen**

A: Ich habe dem Museum ein wertvolles Bild gestiftet, und dafür habe ich vom Stadtrat ein Ehrendiplom bekommen.

B: So, ich habe erst kürzlich gelesen: Da hat einer etwas gestiftet, der hat vom Staatsanwalt zwei Jahre Gefängnis bekommen.

A: Ja, was hat denn der gestiftet?

B: Einen Brand; er war Brandstifter!

*Straßendiebe**

Herr: Die Claude-Lorrain-Straße in München ist gestohlen worden.

Valentin: Kein Wunder, sie heißt auch so verführerisch »Klau die Lorrainstraße«.

*Taubenschlag**

Valentin: Habt ihr ghört, sagt er, dass gestern meinen Nachbarn in Planegg draußen der Schlag getroffen hat?

B: Der Herzschlag?

Valentin: Nein, der Taubenschlag. Als er über den Bauernhof ging, ist der Taubenschlag runtergfalln und hat ihn troffen.

*Transportprobleme**

A: Vielleicht holen Sie mich mit Ihrem Auto ab?

Valentin: Ich habe selbst kein Auto, nicht einmal eine Straßenbahn.

*Tränen**

Hätte ich Tränen dabeigehabt, ich hätte diesselben geweint.

*Uhrzeit**

Herr Valentin, können Sie mir vielleicht sagen, wieviel Uhr es ist? –

Hörn S' doch auf mit der ewigen Fragerei, Sie ham mich doch schon vorige Woch amal gfragt.

*Ventiladio**

Valentin: Sie, Herr Gastwirt, schalten S' doch amal den Radio ein!

Wirt: Dös is kein Radio, dös is ja unser Ventilator.

Valentin: Schalten S' den nur ein, den hör ich lieber als wie den Radio.

*Verspätung**

Valentin: Ist der Herr Geheimrat zu Hause?

Mädchen: Leider nein – wenn Sie eine Viertelstunde früher gekommen wären, hätten sie ihn noch getroffen.

Valentin: Danke schön, dann gehe ich wieder und komme dann Morgen eine Viertelstunde früher.

*Vertrauen**

Ja, glaubst denn du, dass ich dich als alter Freund anlüge? – Ich sag dir ja gerade, ich glaube nie, was mir die Leute sagen. Sehen muss ich alles, ob es wirklich so ist, dann brauch ich es nicht mehr zu glauben, denn glauben heißt bekanntlich nichts wissen.

*Villaaufgaben**

Für solche Leute, wie zum Beispiel meine Kinder, ist das nicht geeignet.

Lehrer zum kleinen Maxl: Warum hast du deine Hausaufgabe nicht gemacht?

Maxl: Ich kann keine Hausaufgabe mehr machen.

Lehrer: Warum nicht?

Maxl: Wir wohnen jetzt in einer Villa.

*Volksaufstand**

A zu B: Was haben Sie jetzt grad gemacht? Sie sind eben noch dagesessen und sind plötzlich aufgestanden – –

B: Jawohl! Ist das was Unrechtes?

A: Jawohl, Sie sind ein Teil des Volkes – das ist Volksaufstand!!

*Wahlen**

Am sichersten wär's halt, wenn man seinen Wahlzettel acht Tage nach der Wahl abgeben könnt. Na wüsste man schon, wer die Stimm noch braucht.

*Weckmethoden**

Dienstmädchen (*zur gnädigen Frau*): Der gnädige Herr soll doch um 10 Uhr zur Verhandlung im Amtsgericht sein, er schläft aber noch, soll ich ihn wecken?
Frau: Fragen Sie ihn doch selbst, ob Sie ihn wecken sollen.

*Weiterleben**

Aber dass ein Mensch, der bereits das Diesseits verlassen hat, nicht nur im Jenseits, sondern auch im Diesseits und nicht nur seelisch, sondern genau wie er gelebt hat, weiterlebt, habe ich erst im Kino in einem älteren Film gesehen, in welchem ein vor Jahren verstorbener Filmschauspieler seine Rolle heute noch spielt. Es gibt also in unserer Gegenwart zwei Weiterleben nach dem Tode: Eines im Jenseits, und eines im Kino.

*Zeitlichkeit**

Es gab eine Zeit, und diese Zeit lässt sich Zeit, denn im Zeitabschnitte dieses Zeitabschnittes wird die Zeit kommen, die wir zeitlebens nie vergessen werden.

*Zeitungleser**

Vater liest Zeitung – daher der Name: Fatalist!

*Zoobesuch**

A: Haben Sie den großen neuen Riesenelefanten in unserem Zoo gesehen?
B: Nein, er soll ja unglaublich groß sein.
A: Er ist wirklich so groß, man kann ihn auf einmal gar nicht sehen, man muss direkt öfters in den Zoo gehen und ihn anschauen.

*Zugspitze**

Valentin: Die Zugspitze ist 2000 Meter hoch.
Karlstadt: Nein, das stimmt nicht, dieselbe ist 3000 Meter hoch.
Valentin: Nein, 2000 Meter ist sie hoch.
Karlstadt: Ich weiß es bestimmt, 3000 Meter ist sie hoch.
Valentin: Ja, wann warst du denn oben?
Karlstadt: Vor ungefähr vier Jahren.
Valentin: Ja, das ist was anders, ich war erst vor 4 Wochen droben.

Verfasst etwa 1940; {7/131}

Wahre Begebenheit

Eine Dame (norddeutscher Abstammung) fuhr mit der Straßenbahn durch die Barerstraße. Im Laufe eines Gespräches mit einem anderen Fahrgast, äußerte sich die Dame: »Bayern wäre ja janz schön, wenn die Bayern selbst nicht wären.« Leider war in dem vollgepropften Straßenbahnwagen kein Bayer, der die Dame ob ihrer Äußerung zur Rede gestellt hätte.

Verfasst etwa 1944; {7/280}

Anzeigen

Warnung! Das **allbekannte Wiener Lied**: »Im Brater blühn wieder die Bäume« darf im Winter nicht mehr gesungen werden. Reichsgesangskammer Olchin. Zu haben in Apotheken und Drogerien.

Alleinstehende Frau, welche sich endlich einmal niedersetzen will, sucht Sessel oder Stuhl zu kaufen. Foto erwünscht! Niedelgeigenstraße 1/8.

Altdeutscher Schrank aus dem Jahre 1926 zu kaufen gesucht. Vorzustellen täglich Gärtnertheater 3. Rang, links.

Alter Mann, 70 Jahre alt (militärfrei), sucht Stelle als Laufbursche.

Wer meiner Frau **Amalie Liederlich** etwas leiht oder borgt, hat von mir keine Zahlung zu erwarten, sondern nur Ohrfeigen!

Arme Frau (ohne Uhr) bittet edle Menschen um Angabe der Zeit. Postkarte genügt. Barbara Blödl, Abecestrasse 00

Arme Taglöhnersfrau verlor auf dem Wege zum Hoftheater ihr goldenes Brillantkollier mit 60 Brillanten. Bei Rückgabe 2 Mark Belohnung und freie Wohnung.

Aufzug (Lift) fünf Personen fassend, wurde samt Drahtseil und Luftschacht gestohlen. Der dadurch stellenlos gewordene Liftboy (16 Jahre alt, Vater von 5 unmündigen Kindern) bittet um Rückgabe des Aufzuges ohne Personen.

Nehme die gegen Frau Rosa Meierhofer gemachte **Äußerung** »Viech« zurück und behaupte öffentlich, dass sie kein Viech, sondern ein »Schinderfetzen« ist.

Meine Tochter **Barbara** (45 Jahre alt) sucht einen Mann. Männer!! Greift schnell zu, ehe es zu spät ist! Offerte unter »Eilt!« a. d. Ex. d. Bl.

Bekanntmachung. Durch die ständigen Misserfolge sehen wir uns gezwungen, das Wetter nicht mehr vorauszusagen, sondern unter Garantie festzustellen, wie dasselbe am Tage vorher gewesen ist. Verbund der Wettervoraussager.

Bekanntmachung: Der Preisabbau in Deutschland findet nicht wie irrtümlich gemeldet im Jahre 1931, sondern überhaupt niemals statt. Der Deutsche Staat.

Suche ein altes **Bergwerk** gegen mein vierstöckiges Wohnhaus einzutauschen.
Offerten unter »Sicher ist sicher« an die Exp. d. Bl.

Bohrmaschinen elektrisch für Kinder zum Nasenbohren. Keine Finger mehr nötig. Maschinenfabrik Sau und Co.

Bevor Sie sich Konfetti, Ostereier, Kopfwehpulver, Christbäume, Sockenhalter usw. kaufen, kaufen Sie sich doch lieber das neue »Karl Valentin Buch **Brillantfeuerwerk**« bei Hugendubel, Salvatorstr. 18

Jene **Dame**, welche am Donnerstag vormittags 4 Uhr in der Kaiserstraße mit einem Straßenbahnfahrschein in ein Auto umstieg, wird um ein Darlehen von 20 Mark gebeten, da dieselbe erkannt wurde.

Moderne Denkmäler! Fertigt N. Sachlich. Moderner Bildhauer

Der **Dichter** des Straßenbahnversleins:

Am Ziel der Fahrt den alten Schein,
Ins Kästchen bei der Tür wirf rein

bittet um weitere Aufträge. Adresse D. Spinn, Eglfing Zimmer No. 13.

Edeldenkende Menschen werden gebeten, einer alten kränklichen Frau das Tanzen erlernen zu lassen.

Faule **Eier** sind nicht besser, als gar keine!!

Elfjähriger Knabe empfiehlt sich im Anfertigen moderner Plakate und Bilder.

Schneiden Sie sich selbst in den Finger und probieren Sie sodann unser neues Wundpflaster »Heilin«! Zu haben in allen »Heilingeschäften«.

Fräulein oder Herr sucht Lebensgefährtin behufs Schifferlfahrt auf dem Kleinhesseloher See. Anzüge nach Maß stets auf Lager.

Allen unseren **Freunden und Bekannten** die traurige Nachricht, dass wir beim ersten Anblick des neuen Bibliothekbaus (auf der Kohleninsel) in starren Trübsinn verfallen sind. Die kunstliebenden Einwohner Münchens.

Friseur, der auch nebenbei frisieren kann, sucht Stellung als Friseur, am liebsten in einer Frisiererei.

Beeilen Sie sich: Heute um 4 Uhr **Fütterung sämtlicher Maultiere** im Zoologischen Garten Hellabrunn.

Gebiss wurde verloren von alter Dame. Vor Missbrauch und Selbstbenützung wird gewarnt!

Gesuche um **Gehaltskürzungen** nimmt auf Wunsch jede Firma mit Freuden entgegen. Der Arbeitgeberverband

Verloren wurde am Freitag, den 26. März 1713 ein **Geldbeutel** mit 70 Kreuzer Inhalt. Sollte derselbe noch gefunden oder ausgegraben werden, bitte denselben im Deutschen Museum (Abteilung Münzensammlung) abgeben.

Götz von Berlichingen erteilt Privatunterricht.

Versetzung von **Grenzpfählen** übernimmt Großdeutschland.

Handwerker überflüssig!!! »Alles neu, macht der Mai!«

Schöne **Hauskatze** (auch ohne Haus) billig abzugeben. Max Fischer, Obermeierstrasse 2

Großes **Haustor**, zweiflügelig (massiv Eichenholz) mit dem daran befindlichen vierstöckigen Haus zu verkaufen.

Am verflossenen Freitag wurde Ecke Marienplatz eine **Havannazigarre** verloren. Abzugeben bei E. Weiß, Schwarzstraße $^0/_4$. Vorsicht! Brennt noch!

Himmelfahrtspillen auch »Jenseitsiol« genannt. Hauptbestandteil Ziankali wirken todsicher. Nur einmalige Ausgabe! Viele Dankschreiben! Zu haben in keiner Apotheke.

Alter stellenloser **Hochradfahrer** sucht Beschäftigung (fährt auch auswärts).

Humorüberfluss entfernt unter Garantie! Finanzamt.

Oberbayerische **Kanalbau- und Laubsägeholz-Manufaktur** (Abteilung für Nichtraucher) übernimmt sämtliche Aufträge aller Art. Bester Stiefelabsatzersatz. – Eigene Stiegenhausbeleuchtung – Bei schlechtem Wetter keine Preiserhöhung! Auf Wunsch werden Böllerschüsse und Neujahrsgratulationen ins Haus geliefert. Mit bestem Gruß und Kuss
Aktiengesellschaft *Die Damischen.*

Kapitalist gesucht zur Ausarbeitung eines Patentes. Nasentröpferlauffangungsundheruntertropfverhütungsapparats.

Kartoffelacker 20 bis 30 Tagwerk zu kaufen gesucht. Womöglich Nähe des Marienplatzes [München].

Kaufmannslehrling, der 45 Jahre in einem Geschäft tätig war, sucht Stellung als Veteran.

Kegelklub alle Neune sucht Kegelbuben, nicht über 70 Jahre alt. Selbstgeschriebene Offerten Grundbedingung!!

Kein Taschentuch mehr nötig! Elektrischer Taschennasenvakuum »Fix«. Für Kinder zum Aufsaugen von »Rotzglöckerln« unentbehrlich!

Wer lernt einem sechs Wochen alten **Kind** das Gehen?

Arme **kinderreiche Eltern** suchen Darlehen zur weiteren Produktion.
Offerte unter »Immer Fleißig«, an den Ex. des Bl.

Klavier, gut erhalten, wegen Anschaffung einer Semmelbrösel-Reibmaschine zu verkaufen!!

Kochherd samt Feuer und halbfertigem Schweinsbraten sofort zu verkaufen.

Lasst den **Kopf** nicht hängen!! Eine einfache Holzleiste mit zwei Riemen genügt! Holzleistenfabrik Holzinger und Co.

Lieber guter Franz!! Kehre zurück zu Deiner Gattin! Schwiegermutter gestern ausgezogen. Deine Liselotte

Lippenstifte erste Qualität für alle Arten von Lippen Parfümerie Schulze, Berlin.

Marmorgießerei übernimmt sämtliche Aufträge im Stiegenputzen, Preiselbeereinmachen, eigene Fliegenleimdestillation, Einstudieren von Chorgesängen, Kaminausbrennen. A. Meier mit Frau & Comp. GmbH.
St. Anna Fußweg, Trambahnhaltestelle Eglfing.

Maurer noch einige Tage frei!!! Offerte unter »Freimaurer«. An die Exp. d. Bl.

Europäische »**Mittwoch-Zeitung**« erscheint ab Montag nur mehr Dienstag und Freitag mit Ausnahme vom Aschermittwoch. Die Rehdagdion

Eine **Mundharmonika** mit Fußbetrieb zu kaufen gesucht. D. Exp.

Munich im Jahre 1365: Ritteranzüge (Rüstungen aus Blech nach Maß) verfertigt Johann Werner (Klemptner). Spenglerei Kanalstrasse 18/0

An die **Münchner Bevölkerung**
Da ich in der Volksschule im »Rechtsschreiben« stehts einen »Vierer« hatte, nehme ich den furchtbaren Schreibfehler post mit Bedauern zurük, und werde
es in Post umändern. Architekt der modernen Postbauten. Tegernseer-Land- und Fraunhoferstraße.

Operngläser auch für Operetten passend empfiehlt Optikerei Linsenmeier.

Schöner **Papagei**, gut sprechend, samt Messing-Käfig entflogen. Dortselbst ist auch eine leere Badewanne zu verkaufen.

Warm zu empfehlen ist mein **prima Fruchteis**: Vanille, Erdbeer, Himbeer, Saubeer-Geschmack. Josef Süß, Conditor-Ei.

Reitsport!! Unterricht im Reiten auf dem bekannten »Amtsschimmel« erteilen gründlich die Behörden der Stadt.

Ringkämpfer verlor seinen Ring! Mit was soll er jetzt kämpfen???

Rohkostler, der sich »umgestellt« hat, sucht Küchenherd zu kaufen.
Joseph Dürr, Bahnhofplatz 1.

Runde Kreissäge (drehbar) zum Schwartlingschneiden an junges Ehepaar oder Schreinermeister zu verkaufen.

Wer leiht einem jungen **Sänger** ein altes Lied zum Singen?

Schalldämpfer (Technische Neuheit) reduzieren den lautesten Lärm. Unentbehrlich bei Stadtratsitzungen.

Unterricht im bayrischen **Schnaderhüpflsingen** erteilt Egon Schulze, Gesangspädagoge, Berlin, Friedrichsstraße 00.

Schönes Speisezimmer, bestehend aus Speise und Zimmer. Offerte unter 333333.

Schriftsetzer gesucht zum Druck von Lebensmittelkarten. Eventuell Dauerstellung.

Schont Eure **Schuhe**!!! Geht auf den Händen!!!

Seidenstrümpfe zum An- und Ausziehen erhalten Sie am besten in einem Seidenstrumpfgeschäft.

Seismograph beim letzten Münchner Erdbeben »entsprungen«. Abzugeben gegen Belohnung bei Münchner Sternwarte, Bogenhausen.

Verloren wurde Dienstagabend zwischen Karlsplatz und ½ 7 Uhr ein **silberner Spazierstock** (längliche Fasson). Abzugeben womöglich brieflich an die Exp. des Blattes.

Spezial Haus für Zeichnung einer öffentlichen Toilette. »Drucksachen«

Wahres **Sprichwort** aus der guten alten Zeit bis 1923: »Spare in der Jugend – dann hast Du im Alter Inflationsscheine.«

Ein **stehendes Messer**, welches jetzt irgendwo liegt, ging verloren. Vor dem ehrlichen Finder wird gewarnt!!!!

Steinhartes, altbackenes Brot erhalten Sie jeden Sonn- und Feiertag. Offerten unter »Sonntagsruhe« a. d. Exp.

Stiegengeländer auf Samt gearbeitet, Nähe des Perlacher Forstes ist wegen Abreise zu verkaufen. Flaschenbier Gärtnerei. Ispinn & I. A.

In schönster Lage Münchens ist ein **Tafelklavier** zu verkaufen. Offerten unter 217893 53817 6258.

Unterricht im **Tiefseetauchen** erteilt in und außer dem Hause Herr Wwhmbdln … Taucher.

Toilettenfrau, die gutbürgerlich kochen kann, zum Kegelaufsetzen gesucht. Kaution kann gestellt werden.

Toilettenseife zum Waschen des Kopfes, des Gesichtes, des Halses, der Brüste, des Bauches, des Rückens, der Beine und des usw. … Seifenfabrik A. Linsenmeier, Sebastianplatz 4

Trambahnschaffner, der auch mit Kindern umgehen kann, erteilt Unterricht im Schwammerlsuchen.

Heute sind es genau 100 Jahre, dass dem **Urgroßvater** des Moosbauern aus Ramersdorf ein Heuwagen gestohlen wurde.

Wanzen! Entfernt samt Betten und Möbel usw., Jakob Pflicht, Gerichtsvollzieher

Weibliche Dame aus hundsgemeiner Familie wünscht sich mit vermögendem Herrn, wenn auch Lackl, behufs Ehe kennen zu lernen. Offerten unter Ehrlich gemeint an Red. des Blattes.

Weinhaus zur goldenen Traube – Spezialausschank in prima sächsischen Weinen.

Zum bevorstehenden **Weltuntergang** empfielt seine prima Luftballons Ballonfabrick Meier und Co.

Alte benützte **Zahnstocher** werden wie neu, durch meinen elektrischen Patent-Zahnstocherhobel »Fix«. Preis 80 Mark. Maschinenfabrick Maier und Co.

Seltene Gelegenheit für **Zigarettenraucher**!! Eine leichte Zigarette Nr. 6 mit Mundstück wegen Platzmangel zu verkaufen. Wird auch einzeln abgegeben.

Zugehfrau, die auch wieder weggeht, sofort gesucht. Vorzustellen bei M. Tucker, London, Feldmochingerstreet S E. 9587 17942.

Verfasst ab 1940; {7/217 u. 7/400 ff.}

Wissen Sie schon …

- dass der Münchner lieber ins Deutsche Museum, statt ins Hofbräuhaus geht?
- dass der Krieg 1870/71 um 29 Jahre kürzer war als der Dreißigjährige?
- dass Ferdinand von Miller die Bavaria für eine Pflanze angesehen hat. Warum? Weil er dieselbe gegossen hat!
- dass mancher seine eigenen Fingernägel zum Fressen gern hat?
- dass man ein weiches Ei nicht als Zahnstocher benützen soll?
- dass Pfingsten vor Ostern kommt, wenn man den Kalender von hinten liest?
- dass Kartoffelsalat nicht als Gurgelwasser verwendet werden kann?
- dass jeder Jüngling beim Tanzen einen Kas redet?
- dass es Überzieher für »Herren« ohne Ärmel gibt?
- dass die Welt nur ohne Menschen schön wäre?
- dass ein Erdstoß mit einem Magenkopperer zu vergleichen ist?
- dass ein alter Professor nur mehr seinen Schirm stehen lassen kann?
- dass wir trotz der guten Zeit nichts Schlimmes mehr zu erwarten haben?
- dass eine Riesenschlange auf der rechten Seite genau so lang ist wie auf der linken?
- dass eine getrocknete Ananas Anatrocken heißt?
- dass niemand weiß, ob kein Nichtraucher, der nicht raucht, ein Raucher ist oder ein Nichtraucher?
- dass man bei einem Leistenbruch ein Bruchband trägt, welch letzter bei einem »Ehebruch« zwecklos wäre.

- dass man aus drei Liter Wasserstoff keine Windhose machen kann?
- dass ein Schuhmacher selbstgemachte Schuhe tragen kann, aber dass ein Schweinemetzger niemals selbstgemachte Würste isst?
- ob ein Schwein weiß, dass es ein Schwein ist?
- dass wir trotz der schlechten Zeit nichts Gutes mehr zu erwarten haben?
- dass das Aussteigen aus dem Zeppelin-Luftschiff während der Fahrt verboten ist?
- dass manche deutsche Frau lieber zu Hause bleibt, als sich in französischer Mode auf der Straße zu zeigen?
- dass es eine Art Läuse gibt, die sich in Filzschuhen einnistet?
- dass die Haustüre nicht zu den Haustieren gehört?
- dass die Brillenschlange die gefährlichste, dagegen die Luftschlange die harmloseste Schlange der Welt ist?
- dass das Lied: »die Vögeln im Walde« nicht mehr gesungen werden darf?
- dass mancher nicht weiß, was er wissen soll, obwohl er schon viel weiß und es selbst unbewusst nicht gewusst hat.
- dass derjenige Schreiner, der Schrankfächer macht, bei der Schrankfächerfachschaft sein muss?
- dass der nicht verbotene Motorradlärm den verbotenen Autohupenlärm übertönt?
- einmal ist keinmal, aber keinmal ist nicht einmal?
- ob sich ein abergläubischer Mensch an einem Freitag 13.000.-- Mark schenken lässt?
- dass eine Maus niemals in ihr eigenes Loch schlüpfen kann?
- Sie verkälten sich wenn Sie Ihren Wintermantel schon im Februar versetzen.
- dass die Redouten zur Bildung der Menschheit gehören? Denn auf den Redouten werden viele Menschen gebildet.

- dass echter Bohnenkaffee beliebter ist als Malzkaffeeersatz?
- dass es noch niemals einen viereckigen Zirkus gegeben hat?
- dass die Münchner die Berliner nicht so recht von Herzen liebhaben?
- dass es zu Adam- und Evas-Zeiten noch kein Adressbuch gab?
- dass mehrere Schweine keine Meerschweine sind?
- dass es außer einem Herzschlag auch einen Taubenschlag gibt?

Verfasst etwa 1935; {7/224 und 7/413}

Pressemeldungen

München: In der hiesigen Sendestation in der Arnulfstraße geriet vor einigen Tagen eine Angestellte mit dem Kopf in die Radiowellen. Die Wellen verfingen sich in der Frisur des Mädchens. Die Hörer von München und Umgebung beschweren sich seither über dauernde Störungen, welche nach Aussage des Sachverständigen darin bestehen, dass sich die Radiowellen mit den Dauerwellen des Mädchens verbunden haben. Die Störung kann nur dadurch behoben werden, wenn das Mädchen mit den Dauerwellen auf dauernd entlassen wird.

Breslau: Auf noch nicht unaufgeklärte Weise entstand heute im Warenhaus Schund in der Berliner Straße ein Schadenfeuer, welches von der Feuerwehr in 2 ½ Minuten bekämpft wurde. Dem Feuer fielen einige Teppiche, eine Streichholzschachtel und ein an der Wand hängender Feuerlösch-Apparat zum Opfer.

New York: Einen wahren Triumph in der Geschichte der Historik vollbrachte das New Yorker Staatsarchiv, indem es einige vom Zeppelin überflogene Meereswellen in Gummisäcke fassen ließ, um dieselben zum Andenken an die erste Ozeanfahrt der Nachwelt zu erhalten.

Pforzheim: Der Stadtrat von Pforzheim hat einem langjährigen Wunsch der Bevölkerung Rechnung tragend, sich dahin entschlossen, den peinlichen Namen der Stadt Pforzheim dadurch abzuändern, dass die erste Silbe in Ton umgewandelt und somit die Stadt nun den besser klingenden Namen »Tonheim« erhält.

Rosenheim: Das Ministerium hat den Neubau einer Innbrücke genehmigt. Die Brücke soll aus hartem Beton hergestellt werden und soll nicht vom südlichen zum nördlichen, sondern vom nördlichen zum südlichen Ufer gebaut werden.

München: Von den Einwohnern der Blumenstraße erging an den hiesigen Magistrat eine Eingabe um Verlegung des großen Hochhauses, des Wolkenkratzers an der Blumenstraße. Sie begründen ihre Eingabe damit, dass bei Sonnenschein die ganze Straße und Umgebung im tiefsten Schatten stehe.

München: Hundebaden in der Isar verboten. Die Polizei gibt bekannt, zu dieser Maßregel gezwungen zu sein, da beim Baden die Hunde sehr viele Haare verlieren, die in großen Mengen isarabwärts getrieben werden, in die Donau und von dort ins Schwarze Meer. Dort verfangen sie sich in den Schiffsschrauben und beschweren außerordentlich das Fortkommen der Dampfer.

Regensburg: Bei einer Fahnenweihe des Sportvereins Regensburg kam es zwischen Mitgliedern und einer Horde achtjähriger Schuljungen zu schweren Ausschreitungen, wobei der sechsjährige Schneidermeisterssohn Moritz Huber eine Ohrfeige erhielt. Das Überfallkommando brauchte nicht alarmiert zu werden.

Verfasst etwa 1941; {7/225}

Karl Valentins Selbstbiografie

8. Februar 1935
Karl Valentin, Münchner Komiker, Sohn eines Ehepaares.

Karl Valentin erlernte aus Gesundheitsrücksichten im Alter von 12 Jahren die Abnormität und zeigte nach reiflicher Überlegung Talent zum Zeitungslesen.

Sein Hang zur Musik ist alltäglich. Am liebsten hört er zu, wenn er selbst spielt. Seine Leidenschaft ist das Stehlen, welches er sich jedoch vorsichtshalber, ohne je einmal gestohlen zu haben, sofort wieder abgewöhnte.

Kaum den Kinderschuhen entwachsen, kauften ihm seine Eltern größere. Im Winter trägt Karl Valentin absichtlich gern keine Strohhüte, trotzdem er durch jahrelanges Training in den Tropenländern dazu gezwungen war.

Karl Valentins Eigenheiten sind eigen.

Sein neuester, gedachter Trick, sich während einer Hungerkur satt zu essen, wurde von vielen nachgemacht, aber – Original bleibt Original – Seine letzte Errungenschaft, die Herausgabe eines Buches: Kleiner Leitfaden zum zweimaligen Wiederkäuen der einmaligen Nahrungsaufnahme des Menschen, wodurch also jedem Menschen pro Tag zwei Mahlzeiten erspart geblieben wären, wurde Valentin vom Verbande Deutscher Lebensmittelhändler konfisziert.

Karl Valentin hat die ganze Welt bereist mit Ausnahme von Amerika, Asien, Afrika, Europa und sämtlicher anderer Länder.

Auf seiner Orientreise, die er im Jahre 1992, vormittags zwischen halb und dreiviertel 9 Uhr zu machen gedenkt, wird er sich beim Sultan-Nachfolger als 110-jähriger Mann vorstellen. Mit den Vorbereitungen der Empfangsfeierlichkeiten soll schon in der kommenden Woche begonnen werden.

Etwas von den körperlichen Eigenschaften Karl Valentins zu schreiben, ist am Platze. Sein Körpergewicht ist unwichtig, seine Größe – länglich; sein Gang – beweglich; sein Charakter charakteristisch; seine Haltung – lächerlich; und sein Hemd farbig.

Er lebt von der Unsinnfabrikation, wie die meisten seiner Mitmenschen, – – Reichstagsabgeordneter gedenkt er bei eventuellem Stellungswechsel immer werden zu können. Valentin leidet an Platzangst – er fürchtet die Angst vor Plätzen, zum Beispiel Kostplätzen für eventuelle ledige oder uneheliche Kinder – – – !

Finanziell will Karl Valentin seine Lage nicht schildern. Außer, vielleicht dem Finanzamt, und hier will er nichts verschweigen und nichts hinzufügen, so war ihm Gott helfe. Amen.

Verfasst etwa 1926; {7/13}

Bibliografische Information der Deutschen Nationalbibliothek
Die Deutsche Nationalbibliothek verzeichnet diese Publikation in der Deutschen Nationalbibliografie; detaillierte bibliografische Daten sind im Internet über http://dnb.d-nb.de abrufbar.

2. Auflage 2019

Covergestaltung: Anja Carrà, Weimar
Satz und Bearbeitung: SATZstudio Josef Pieper, Bedburg-Hau
Der Titel wurde in der Minion Pro gesetzt.
Gesamtherstellung: CPI books GmbH, Leck – Germany

ISBN: 978-3-7374-1106-6

Mehr über Ideen, Autoren und Programm des Verlags finden Sie auf www.verlagshausroemerweg.de und in Ihrer Buchhandlung.